FRANZ HABERSACK

Quätschenääbl

FRANZ HABERSACK

Quätschenääbl

Ein Rhön-Krimi

ISBN 978-3-7900-0552-3
© 2020 by Parzellers Buchverlag, Fulda
2. Auflage, 2023
Layout und Umschlag: Peter Link
Titelfoto: AVTG – stock.adobe.com

Gebrauchsanleitung

Herzlichen Glückwunsch zum Kauf dieses Buches. Bevor Sie mit dem Lesen beginnen, sollten Sie einige wichtige Hinweise beachten!

1. Achtung! Das Buch enthält Spuren von Mundart. Daher kann es nach mehrmaligem Lesen zu dauerhaften sprachlichen Veränderungen beim Leser kommen.

2. Wenn Sie kein Rhöner Muttersprachler sind und einen Teil der Wörter nicht verstehen, raten wir Ihnen zur Lektüre des Erstlingswerks von Franz Habersack: „Das „Ô", Die Mundart der hessischen Rhön". Darin finden Sie ein umfangreiches Wörterbuch und die Erklärung der Schreibweise. Es gelten in diesem Buch also zwei Rechtschreibordnungen. Damit keine Missverständnisse entstehen, haben wir alle Rhöner Mundartworte nach der Habersackschen Schreibweise kursiv gedruckt. Des Weiteren werden einige Mundart-Wörter in einem Glossar am Ende dieses Buches übersetzt und erklärt. Sie werden also mit dem Mysterium „Rhöner Platt" nicht allein gelassen.

3. Die Orte und Personen dieses Buches sind frei erfunden. Falls Sie glauben den einen oder anderen der kauzig-knorrigen Rhöner zu erkennen, handelt es sich um einen Zufall, der dem Autor sehr große Freude bereitet.

4. Die Idee zu diesem Buch und die ersten Zeilen wurden in der Zeit, bevor das Corona-Virus sich ausbreitete, geschrieben. Eine Zeit also, in der Menschen noch freien Kontakt zueinander hatten. Eine Zeit, in der Vereine sich noch treffen konnten und größere Feste möglich waren. Dem Autor ist spätestens während des Schreibens klar geworden, welch glorreiche Zeiten das waren, und wir alle gehen fest davon aus, dass diese Zeiten wiederkommen.

5. In diesem Buch geht es um die Aufklärung eines mysteriösen Todesfalles in Oberniederberg, einem fiktiven Ort in der Rhön. Dabei kommt es zu kuriosen und überraschenden Wendungen, bei denen die Dorfbewohner auf eine harte Probe gestellt werden. Die Geschichte ist allerdings eher Nebensache. In erster Linie geht es um einen Einblick ins Lebensumfeld von Vollerwerbslandwirt Franz Habersack.

6. Der Autor selbst ist ein bekennender Lesemuffel. Das einzige gedruckte Machwerk, das er selbst in seiner Freizeit liest, sofern er denn Freizeit hat, ist der Westfalia-Katalog für Landwirte. Hier informiert er sich über Tränkbecken für Kühe, IBC-Container, Fliegenabwehr im Stall und die neuesten Mistgabelmodelle.
Ansonsten schmücken drei Bücher sein Regal. „Harms Schulatlas für Deutschland und die Welt" – Ausgabe von 1969, das „Gotteslob" und die Chronik von Oberniederberg, welche anlässlich des 50-jährigen Bestehens des Sportvereins herausgegeben wurde.

7. Das Buch besteht zu 95 Prozent aus biologisch angebautem Papier, der Rest ist Druckfarbe. Es ist, rein optisch, eine Zierde für jedes Bücherregal und kann zur Not auch zum Unterlegen von wackeligen Bettgestellen benutzt werden.

8. Ein Tipp noch für alle, die mit dem Rhöner Platt nichts anfangen können und auf unerklärliche Weise in den Besitz dieses Buches geraten sind. Es eignet sich hervorragend als Geschenk in sogenannten Wichteltüten. Für alle, denen die Geschenkpraxis des Wichtelns unbekannt ist, sei gesagt: Beim Wichteln schenkt man rumfort Sachen (alles was rumsteht und fort muss) auf Wichtelpartys im Freundeskreis weiter. Zumeist zirkulieren diese Geschenke ohne dass sie jemals ausgepackt werden und wechseln somit ständig den Besitzer.

Wir wünschen trotzdem, oder gerade deswegen, viel Spaß und einen humorvollen Orientierungssinn im dichten *Quätschenääbl* von Oberniederberg.

Herzlich willkommen in Habersacks Welt.

Der Verlag

Quätschenääbl

„Oh Herr, gib ihm die ewige Ruhe und das ewige Licht leuchte ihm. Herr, lass ihn ruhen in Frieden. Amen."

Die Augen und Mundwinkel von Pfarrer Pischalke huschen unruhig umher und seine Hände zittern beim Segen. Es ist sicher nicht nur die Temperatur dieses kalten Oktobertages, sondern vielmehr gehen auch die Tragik und der Schock über das Geschehene an einem Mann Gottes nicht spurlos vorbei.

Der kleine Friedhof platzt aus allen Nähten. Eine solch große Menschenansammlung hat es in unserem Dorf schon seit Jahren nicht mehr gegeben. Das letzte Ereignis mit einer vergleichbar großen Anzahl von Menschen war die Einweihung der neuen Hackschnitzelanlage hinter dem Wertstoffhof im Jahr 2013.

—

Oberniederberg. Ein kleines Dorf in der Rhön. Zwanzig Kilometer hinter Fulda, vier Kilometer neben Hofbieber und Lichtjahre hinter der Zeit.

So sehen das jedenfalls viele Außenstehende, für die unsere Gemeinde mit den Ortsteilen Unterniederberg und Niederberg die Dreifaltigkeit der Langeweile abbildet.

„Lôss se schwatz bôs se mônn."
Für mich ist es der schönste Platz der Welt.

Es gibt eine Kirche, ein Dorfgemeinschaftshaus, ein Feuerwehrgerätehaus, tatsächlich noch eine Telefonzelle, Bauernhöfe und Straßen, die jeden Samstag gekehrt werden.

Man sagt, wir Oberniederberger seien typische Rhöner – also herzhaft *knörtziche* Zeitgenossen. Ich gebe zu, Diplomatie ist nicht unsere Stärke, aber dafür sind wir echte Patrioten, besonders wenn es um Vereine geht. Jeder, vom Säugling bis zum Rentner, ist Mitglied in mindestens einem der vielen Vereine oder Clubs, die unser Dorf im Laufe der Zeit hervorgebracht hat.

Die meisten Mitglieder zählt der Sportverein 1919 Oberniederberg. Die Sportler sonnen sich seit Jahrzehnten im Gewinn der Liga durch *dé Erscht* im Jahr 1982. Der damals errungene Pokal steht in einer Glasvitrine im Sportlerhäuschen und wird wie eine Reliquie verehrt. Doch das ist lange her. Seit Jahren fegt die Mannschaft den Keller der untersten Liga aus, was niemanden verwundert, wenn man die aktuelle Mannschaft betrachtet. Sie besteht aus dem dicken Siegbert, dem schlaksigen Kevin, Thorsten Förster, dem Informatiker, Ismailah aus dem Senegal, den die große Flüchtlingswelle irgendwie nach Oberniederberg geschwemmt hat, Ulrich, den sie nur die Schnecke nennen, Markus Baumann, dessen Vater seit 20 Jahren auf Montage im Ausland arbeitet und seine Frau wohl aus der Ferne geschwängert hat. Sein Sohn sieht jedoch dem Schornsteinfeger sehr ähnlich. Dann haben wir noch Hebby, den kleinen Stoppelhopser, Ali, den Sohn des Dönerladenbesitzers aus Fulda und drei eingekaufte Spieler aus Margretenhaun, deren Namen mir nicht bekannt sind. Das quirligste an diesem Verein sind jedoch die Turnfrauen, die sich einmal pro Woche zum Nordic Walking, oder wie wir Rhöner sagen – *Schdäggehöbbes* – im *Höfer Waald* treffen.

Der Männerchor „Bruderliebe Oberniederberg", der den Posten des Jugendwartes schon vor Jahrzehnten aus dem Vorstand gestrichen hat, ist bekannt für seine Version des Schifferliedes „Es löscht das Meer die Sonne aus." Ein Schmachtfetzen, welcher zu jedem Anlass und mit voller Emotion gesungen wird.

Mein Großvater Anton war Anfang der fünfziger Jahre des letzten Jahrhunderts Mitbegründer des Karnevalsvereins „Schluck auf Oberniederberg". Er verfügte über eine blühende Fantasie und hatte die fixe Idee eine Art alemannische Fastnacht bei uns zu etablieren. Aus alten Hasenfellen, Hörnern und geschnitzten Masken entwarf er düster wirkende, schimärenartige Fabelwesen. Die schweren Kostüme wurden von starken jungen Männern getragen, die damit in der Nacht zum Rosenmontag von Haus zu Haus zogen, um die Leute zu erschrecken und Eier, Wurst und Schnaps einzusammeln. Doch nach dem frühen Tod meines Opas schlief die Idee wieder ein. Die gruseligen Kostüme jedoch hängen noch heute bei uns in der Scheune.

Natürlich gibt es auch eine freiwillige Feuerwehr. Sie spielt eine wichtige Rolle im Sozialgefüge von Oberniederberg. Auch bei den tragischen Ereignissen, von denen ich hier erzählen will, mischen die Floriansjünger kräftig mit.

Neben den großen Standardvereinen gibt es auch einige kleinere Clubs, die das Leben hier im Dorf ein wenig aus dem Koma holen.

Da wäre zum Beispiel der *Kräbbl*verein. Ein Freundeskreis, der sich alljährlich nach dem Hutzelfeuer trifft, um dem süßen Fettgebäck zu frönen.

Eine eher seltene Sportgemeinschaft ist der Zwackelschützenclub „Zwick Zwack Zwille – Mittelrhön". Hier treffen sich semiprofessionelle Zwackler und Zwacklerinnen, also Zwackelnde, wie man heute genderneutral zu sagen pflegt, um Turniere und Meisterschaften auszuzwackeln. Diese Gruppierung kenne ich besonders gut, da meine Oma zwischen 1970 und 1990 begeisterte Zwacklerin war und ich ihr Steinjunge. Der Steinjunge sorgt dafür, dass genügend Munition in Form gleich großer Steine da ist und kümmert sich um die Aufstellung der Zwackelscheiben auf der Zwackelwiese.

Unvergessen ist das Treffen mit dem Zwickauer Zwackelclub zum Zweck zwischenmenschlicher Zwackelfreuden auf dem Zwickauer Zwackelzwickel, eine Zwackelturnierwiese außerhalb Zwickaus. Hier konnten die Rhöner einen hervorragenden zweiten Platz erzwackeln, was bei einer Mannschaftsanzahl von drei eine echte Leistung war.

Mein großes Hobby war über viele Jahre der Musikverein Harmonie Oberniederberg. Er wurde mir buchstäblich in die Wiege gelegt. Schon kurz nach der Zeugung hat mein Vater das Anmeldeformular für mich ausgefüllt und somit wurde ich der erste Fötus mit Vereinsnummer. Als ich 14 wurde, hat er mir offenbart: *„Jông, du wist gemoaicht worn dô leef im Radio grôd de Radetzki Marsch un dé Môddô hôt gesoart - Josep hörschde, dé schbiele ônsô Lied."*

Das sind Informationen, die ich eigentlich nie wissen wollte, doch dass die Musik eine große Rolle in meinem Leben spielt, sieht man schon auf meinem ersten Babyfoto. Darauf zu sehen sind klein Fränzchen und die große Tuba neben der mit geschnitzten Noten dekorierten Wiege. Mein Opa war Tubist, mein Vater war Tubist, also hatte ich keine andere Wahl als die Tradition fortzusetzen. Zu meiner „InTubation", so bezeichne ich den Tag meines ersten Tubaunterrichtes, sagte mein Opa, während er mir feierlich das Instrument wie einen Staffelstab übergab: *„Franz, dôss ess dé Tuba deiner Väter. Dôss ess ä göttlich Inschtrumänt. Enn Määnsch blöaßt in dé Tuba nei, bôs ruiskömmt, dôs weiß Gott allei."*

Ich fand's furchtbar. Immer nur bum-bumbumbum. Den ganzen Tag bum-bumbumbum. Zwischen meinem Vater, einem gnadenlos-strengen Lehrer, und mir gab´s in jeder Probe Krach: *„Källe, du schdällst dich oh bé de erscht Määnsch. Du übst dôs jetz noch zah mô un bann* *du emô en rechdiche Ton treffst, sôg en schönne Gruß vo mir.*"

Irgendwann hat er es aufgegeben und mir ein Flügelhorn gekauft. Ein Traum wurde wahr und von da an war Musik mein Leben und „Auf die Vogelwiese ging der Franz" meine persönliche Hymne.

Aber leider musste ich aus Zeitgründen die Musik aufgeben, nachdem ich den Hof übernommen hatte. Seitdem steht mein Flügelhorn auf dem Kleiderschrank im Schlafzimmer. Manchmal, wenn es mich packt, hole ich es aus dem Koffer, stelle mich ins leere Silo und spiele das Trompetenecho.

Mittlerweile gehört meine ganze Leidenschaft dem OLC, dem Oberniederberger Lanz Club. An einem Lanz Bulldog herumzuschrauben ist wie Archäologie, als würde man einen Dinosaurier operieren. Der Lanz ist eine alternde Diva, die ständig umsorgt werden will. Ich liebe es mit ölverschmierten Händen die Glühköpfe aufzuheizen, die Kurbel zu drehen und dann der Maschine das wuchtige pötz pötz pötz zu entlocken.

Motto unserer Gemeinschaft ist:

Lanz vibration: Nichts ist so schön wie die Harley der Rhön.

Jeder Verein oder Club hat sein eigenes Domizil und aus diesem Grund sieht man die 726, pardon, jetzt 725 Einwohner nur selten in der ganzen Fülle. Eben nur bei Hackschnitzelanlageneinweihungen oder Beerdigungen.

14

—

„Zum Paradies mögen Engel dich geleiten" – singt der Pfarrer, während der schwere Sarg in die Erde gleitet. Wie konnte es soweit kommen?

Fünf Wochen vorher

Die ersten Herbstnebel liegen wie graue, schwere Schleier über den Feldern. Wie die Alten erzählen, geben genau diese Nebel den Zwetschgen, die üppig an den Bäumen in Wiesen und Gärten auf die Ernte warten, die besondere Reife. Nicht nur deswegen wird dem *Quätschenääbl* auch eine gewisse Mystik nachgesagt. In der Nacht hatte es geregnet, so dass der Nebel heute Morgen besonders dicht ist.

—

Doch bevor ich weiter erzähle, wird es Zeit mich erst einmal vorzustellen.

„Franz Habersack, hônnôtzwanzich Hektar, verzich Fergelsäu un ledich."

Nachdem mein Bruder sich für die Beamtenlaufbahn entschieden hat und meine Schwester der Liebe wegen nach Fulda gezogen ist, habe ich den Hof meiner im wohlverdienten Ruhestand lebenden Eltern übernommen. Den Job als Schaffner bei *de Boh*, wie wir Rhöner die Deutsche Bundesbahn nennen, habe ich vor 15 Jahren geschmissen und bin seitdem Vollerwerbslandwirt. Landwirtschaft ist genau mein Ding und ich kann sagen, mein Leben ist wie Urlaub.

Trotzdem habe ich in der letzten Nacht schlecht geschlafen. Ein Wurf kleiner Ferkel von der dicken Else hat mich die halbe Nacht gekostet. Trotzdem bin ich heute Morgen schon zeitig auf den Beinen. Es ist so früh, dass selbst der Hühnerstall noch im Tiefschlaf ist. Ich öffne leise die Tür und rufe ein frisches *„Moin ihr Schlôffbetze"* in den Stall hinein, was meinen *Güggel* Fridloin erheblich verstört. Normal hat er hier das Recht des ersten Tones. Ganz im Gegensatz zu Ôddo, meinem steinalten weißen Kater, der mich heute Morgen nicht einmal registriert hat. Selbst die Detonation einer Handgranate direkt neben ihm würde ihn nicht von seinem Lieblingsplatz auf der Kücheneckbank verjagen.

In der Hoffnung auf steigende Preise baue ich zurzeit meine Milchviehhaltung Stück für Stück aus und bringe es jetzt schon auf eine stattliche Zahl von 20 wunderschönen Kühen und einem prächtigen Stier. Die Mädels sind eine echte Augenweide und haben alle ihren eigenen Charakter. Deswegen tragen sie auch einen entsprechend berühmten Namen.

Die schwarzbunte Angela habe ich bei einem Händler in der Uckermark ersteigert. Sie ist eindeutig die Chefin und hat eine weiße Raute zwischen den Augen. Die blonde Ursula ist stolze Mutter von sechs Kälbchen und wenn Helene ihr klangvolles Muh anstimmt, macht mich das atemlos. Meine Lieblingskuh ist Verona, die Holsteiner Gefleckte. Sie ist ein Prachtweib. Immer wenn sie mich sieht, strahlen ihre wunderschönen Kuhaugen wie ein dunkler klarer Gebirgssee. Dann trabt sie mir entgegen und holt sich ihre Streicheleinheiten ab.

Alle Ladys gehören zum Harem von Trump, einem original Pinzgauer Zuchtstier mit rotem Kopf. 1200 kg pures Testosteron auf vier Beinen. Er ist sehr launisch und wenn jemand seinen Mädels zu nahe kommt, halten ihn keine Ketten zurück.

Heute Morgen jedoch sind alle friedlich und schauen mich unausgeschlafen an.

Nachdem ich die Arbeiten im Stall erledigt habe, mache ich mich bereit für die alljährliche Auslieferung meiner Kartoffeln.

Seit Generationen versorgen die Habersacks halb Oberniederberg mit den goldenen Knollen. Im Gegensatz zu den ebenen Anbauflächen, z.B. in Niedersachsen, ist der Kartoffelanbau in der Rhön ein mühseliges Geschäft. Der Vorteil ist, dass die Erdäpfel durch die langsamere Reife viel besser schmecken. Ich baue ausschließlich die festkochende Granola an. Die hat sich bewährt, ist robust und macht satt. Trendkartoffeln wie Wendy, Soraya oder das Bamberger Hörnchen kommen mir nicht in die Furche.

—

Inmitten saftiger, grüner Wiesen liegen zwei Aussiedlerhöfe etwas außerhalb von Oberniederberg. Einen davon bewirtschafte ich, den anderen mein Nachbar, *de Schtrohmöllesch Wichbert*, mit seiner Frau Anna. Wenn diese tratschmäulige Furie nicht wieder irgendeinen Terz anzündet, ist es meistens still hier und für mich gibt es nichts Schöneres als die unschuldige Ruhe eines Herbstmorgens. Manchmal, wenn der Wind günstig steht, höre ich die blechern klingende, zur Frühmesse läutende Glocke der *Övôniddebächischô Kerch.*

Ab und zu dröhnt vom Himmel ein einsames Flugzeug, das zum Landeanflug auf den Frankfurter Flughafen ansetzt.

Von der kleinen, mit schrumpeligen Apfelbäumen gesäumten Landstraße unweit meines Hofes ist um diese Zeit ebenfalls kaum ein Geräusch zu vernehmen. Einer der wenigen, die frühmorgens schon unterwegs sind, ist *de Bröggeschôsdesch* Timo in seinem Opel Astra.

Er fährt zur Frühschicht in „die Gummi". Für alle Nichtwissenden, „die Gummi" ist ein Tochterunternehmen einer weltbekannten Reifenfirma, die in Fulda einen Produktionsstandort betreibt.

Außerdem fährt morgens noch das Molkereiauto die Bauernhöfe, an um die Milch abzuholen, und einmal pro Woche tut die Müllabfuhr ihren Job. Ansonsten hört man nur den Wind und das Rauschen der Wälder und Felder.

Moment, das stimmt nicht ganz. Manchmal huscht *ess Pösdesch Marieche* auf ihrem alten, klapprigen Fahrrad vorbei. Auch heute Morgen habe ich ihre schwarze Silhouette schemenhaft im Nebel entdeckt. Sie ist wieder unterwegs, um am nahegelegenen Waldrand Kräuter für ihre geheimnisvollen Rituale zu sammeln.

Ess Pösdesch Marieche ist ein Drittel der drei Marias. Ein Trio rüstiger Nachbarinnen mit gleichem Vornamen, die trotz ihres relativ hohen Alters über ALLES ... wirklich ALLES informiert sind, was im Dorf passiert.

Wenn man es nicht besser wüsste, könnte man meinen, es wären die in die Jahre gekommenen Engel für Charlie, die von Mossad, CIA und dem Bundesnachrichtendienst ausgebildet wurden. Nichts entgeht ihren wachen Augen, obwohl sie, wenn man sie fragt, nie etwas wissen.

Neben *dem Pösdesch Marieche* gibt es noch *dé Bummse Moarré*, Mutter vom *Bummsé* und Frau vom *ôlle Bumms*. Sie ist eine einfache kugelrunde Hausfrau, die schon mit der Kittelschürze auf die Welt kam und die beste Schwarzwälder Kirschtorte der Welt backt. Ja, ich weiß, in jeder Familie gibt es eine Schwarzwälder-Kirschtorten-Tante, die die besten Torten der Welt backt, aber eine Schwarzwälder wie von *de Bummse Moarré* findest du selbst im Schwarzwald nicht.

Die Dritte im Bunde ist *dé Dritzevertze* Maria. Im Gegensatz zur *Bummse Moarré* kann sie überhaupt nicht backen. Beim alljährlichen Weihnachtsbasar bleiben ihre Lebkuchen immer liegen, weil sie eine steinharte, gebisskeramikgefährdende Konsistenz haben. Böse Zungen behaupten, sie sammelt ihre Basaltplätzchen, um sich irgendwann einen Atombunker damit zu bauen.

Als Sprössling derer von Kalberg, einer alten fränkischen Adelsfamilie, wurde sie aus Mangel an gleichblütigen, heiratswilligen Verwandten 1955 in der Rhön verkuppelt. *Verschmust* nennen das die Franken. Mittlerweile ist sie Witwe von Otto Hartmann, einem ehemaligen Bundeswehroffizier.

Das blaue Blut lässt sich nicht verleugnen und äußert sich in kurzen, herrischen und schnarrenden Sätzen mit rrrollendem rrr. Sie ist grrroß gewachsen, rrrank und schlank und ihr langes Gesicht wird von einer anstrengenden Hochsteckfrisur gekrönt. Wenn sie mit ihren beigefarbenen Schuhen, solche, wie sie nur Omas tragen, im Stechschritt durchs Dorf marschiert, rufen die Kinder ihr im Rhythmus hinterher: „Drit-ze-vert-ze, Drit-ze-vert-ze." So kommt man in Oberniederberg zu einem Spitznamen.

Éwe hôt`s gerapplt

Plötzlich zerreißt ein heulendes Motorengeräusch die Stille des nebligen Septembermorgens. Ich erkenne im Dunst die Umrisse eines sportlichen Autos, dass ich zuvor noch nie hier gesehen habe. Es rast wie irre über die kleine Landstraße. Dann ein greller Schrei, ein kurzes Quietschen der Bremse und das Auto saust von dannen.

„Oh oh, éwe hôt`s gerapplt", denke ich mir.

„Hilfe, Hilfe, Jessesmariandjosef!"

„Ach, ess Pösdesch Marieche."

Eben war sie noch schemenhaft zu sehen, jetzt … nichts mehr.

Im Gegensatz zur *Dritzevertze* Maria wirkt *ess Pösdesch Marieche* wie ein kleiner vom UV Licht verdampfter Gartenzwerg. Im Mittelalter wäre sie wahrscheinlich von der katholischen Inquisition als Hexe gebrandmarkt worden. Sie versteht die Sprache der Tao-Karten, verbrennt Kräuter bei Vollmond und wittert hinter allem Ungemach. Die Amis waren nie auf dem Mond, Jesus war verheiratet und Elvis lebt … also das volle Weltverschwörungsprogramm. Sie war nie verheiratet und ist stolz darauf die älteste Jungfrau im Dorf zu sein. Ihren Lebensunterhalt verdiente sie früher mit dem Austragen der Fuldaer Zeitung. Heute bessert sie die schmale Rente durch den Verkauf von selbst hergestellten Naturheilmittelchen und Seifen auf.

—

„Werd schu net so schlömm senn", denke ich mir und belade in aller Ruhe den Anhänger mit meinen Kartoffeln.

Der alte Lanz ächzt unter der schweren Fuhre Ackergold. Ich mache mich auf den Weg und entdecke tatsächlich *ess Pösdesch Marieche öngôschdallsöweschd* im Straßengraben. Die faltigen Arme und die von selbstgestrickten Socken verhüllten Füße nach oben gestreckt.

„Källe nää Marieche, bôs machst′n du für Sache?", rufe ich ihr zu und kann mir ein Schmunzeln nicht verkneifen.

„Du serst jô uis bé ä Schildkröt, dé uff′m Panzer leit."

„Schwatz net so en Mist und helf mir ruis hé. Hôst du dää Drääksack gesear? Bé de Deifl höchstpersönlich kom dää ohgerônn. Dôs woar en Mordanschlag!"

„Ach Marieche, bää well dich de ömbräng un baröm?"

„Mach dich nur lusdich. Bann ich ôlles dät verzehle bôs ich weiß, mössde sich so einiche woarm ohdô."

—

Es wäre nicht das erste Mal, dass sie mit schrägen Aktionen das ganze Dorf in Aufregung versetzt.

Unvergessen ist ihre Flugzettelaktion, worin sie einen Aufruf startete, Oberniederberg zum Wallfahrtsort zu machen. Kurz vorher hatte sie in der Kirche die Heiligenfigur des Jakobus weinen sehen.

„Dôs ess ä Zeiche vo ganz owe."

Sofort trommelte sie Pfarrgemeinderat und Ortsbeirat zusammen, damit die Herren und Damen sich die Sache genauer betrachten konnten.

„Dôs ess ä Wônnô!", rief unser Ortsvorsteher Peter Förster, als er selbst die feuchten Augen der Statue gesehen hatte. „Mir mösse em Bischof Bescheid soar."

In Windeseile hatte sich die Nachricht vom weinenden Jakobus herumgesprochen.

Die Sonntagsmessen waren in dieser Zeit so gut besucht wie nie zuvor und der Klingelbeutel füllte sich rasant. Gläubige brachten Votivtafeln an, da sie von der Jakobus-Statue geheilt worden waren. Auch die wenigen Gästezimmer vom Oberwirt, die seit Jahren unbenutzt waren, wurden *entschbinnlabbt* und waren über Wochen ausgebucht. Sogar eine Delegation aus Rom reiste an, um sich ein Bild über die wundersamen Vorgänge zu machen.

Am Tag, als die Herren vom Vatikan in die Kirche kamen, tobte ein heftiges Gewitter und sorgte für einen Kurzschluss in der Überlandleitung. Joseph Vilsmaier hätte es in seinen düsteren Heimatfilmen nicht besser inszenieren können. Heftige Blitze warfen kurze Schlaglichter auf die Statue, als die Delegation sich vor dem Heiligen versammelt hatte. Und tatsächlich liefen Tropfen über die Wangen unseres Kirchenpatrons. Die Männer gingen in die Knie und stimmten ein Loblied an. Alle waren euphorisch, bis zu dem Moment, als der kleine Lorenz, der Sohn des Ortsvorstehers, sagte: „Mama, der Jakobus weint gar nicht, das Kirchendach ist undicht."

Tatsächlich sorgte ein kleines Leck direkt über dem Heiligen für die „*Dröbbl* der Peinlichkeit".

Von tiefer Scham gebeugt, löste sich die Gesellschaft blitzschnell auf. Sanctus Interruptus.

Ein anderes Mal wurde *ess Pösdesch Marieche* nachts mit wallenden Gewändern beim Totentanz auf dem Friedhof entdeckt. Damals entgingen von der Hofbieberer Kirmes Heimkommende nur knapp einem Herzinfarkt, als sie den Friedhof passierten und Zeuge von Mariechens Totentanz wurden. Nur der Fürsprache unseres Bürgermeisters war es zu verdanken, dass sie nicht in die geschlossene Anstalt eingewiesen wurde.

—

„*Marieche mach Platz, dô kommt noch ä Audo!*", rufe ich und zerre die verdutzte Kräuterhexe zur Seite.

Wegen der schlechten Sicht kann das schnell herannahende Milchauto nur knapp der Unfallstelle ausweichen.

„*Bass doch uff du Schengôst!*", ruft *ess Marieche* ihm nach. Doch das Auto fährt ohne anzuhalten weiter. Vermutlich wartet die Molkerei schon auf die Lieferung.

Inzwischen ist auch *de Bröggeschôsdesch Timo* am Unfallort eingetroffen.

„*Heilichenei, bôs ess dä hütt Morré nur los hé?*", frage ich ihn.

„*Jô hôst du´s noch net gehôrt? Bei de Lydia hônn se iegebrôche hütt Noaicht.*"

„*Ich weiß von nüscht*", fällt *ess Pösdesch Marieche* mit vielsagendem Blick ungefragt ins Wort, „*äwwô dé Bolizei ess au schu dô.*"

„*Nää!*"

„*Doch!*"

„*Du bist jô.*"

„*De Förschdesch Maddes hôt dé Ermittlunge uffgenômme.*"

„*Nää!*"

„*Doch!*"

„*Du bist jô!*"

—

De Förschdesch Maddes, also Mathias Förster, ist nicht nur Ortsbrandmeister der Freiwilligen Feuerwehr Oberniederberg e.V., sondern auch Kommissar bei der Polizeibehörde Osthessen. Ein Macher, Anpacker und „Kümmerling", der in Oberniederberg überall seine Finger im Spiel hat und gerne organisiert. Nur bei offiziellen Reden versagt sein Talent.

Legendär sind seine Feuerwehrgeneralversammlungseröffnungsreden.

Der Zuhörer ist dann immer hin und her gerissen zwischen fremdschämen und schenkelklopfen.

—

„*Ich well jô nüscht gesoart hô*", sagt *ess Marieche*. Immer wenn sie einen Satz so beginnt, will sie genau das

Gegenteil, *„äwwô dé Koadde hônn mir fürcht Wôch schu prophezeit, dess de Deifl und de Dot sich im Quätschenääbl verschdäcke."*

„Nää!"

„Doch!"

„Du bist jô...!"

Natürlich weiß jeder, dass die alte Marie nicht mehr alle Sensen in der Scheune hat, aber dieses Mal wird sie auf schaurige Weise recht behalten.

Während wir die Speichen ihres Fahrrades richten, die bei ihrem akrobatischen Rettungssprung in den Straßengraben Schaden genommen hatten, lichtet sich der Nebel. Langsam zeichnen sich die Konturen der runden Strohballen auf den abgeernteten Äckern ab.

An normalen Tagen wirken sie wie Skulpturen, die von einem Aktionskünstler aus der nahe gelegenen Kunststation Kleinsassen phantasievoll platziert wurden, doch heute Morgen läuft mir bei diesem Anblick ein Schauer über den Rücken. Ich zähle mich bestimmt nicht zu den Sensiblen und habe im Laufe meines Lebens auch schon einige schreckliche Dinge gesehen, doch was der schwindende Nebel an diesem Morgen freigibt, verschlägt mir den Atem.

Auf einem der Ballen liegt, wie auf einem Altar aufgebahrt, ein Mann. Blutüberströmt, Arme und Beine weit von sich gestreckt.

Der Mann auf dem Ballen schläft nicht, der Mann ist tot.

„Jessemariandjosef!", ess *Pösdesch Marieche* bekreuzigt sich dreimal, *„de Deifl hôt dé Oberhand."*

Mit einer gehörigen Portion Gänsehaut und Respekt gehen wir näher an den Toten heran und betrachten fassungslos den leblosen Körper.

„Dää leit dô bé uff däm änne Beld von Da Vinci", stellt *ess Marieche* fest.

„Du meinst dää Pizzamann uis Hofbiebô?", fragt Timo erstaunt.

„Net Da Vito. Da Vinci! Nie gehôrt?"

„Nää, bo schafft´n dää?"

„Dä schafft nüscht. Dôs ess en Maler uis Italien, dää söllt mô eichentlich känn."

„Ich känn kei italienische Maler, ich feng net emô en deutsche, dää mir ess Schörndur schtricht."

„Dää hôt doch dé Mona Lisbeth gemôlt un au dé Schtrichzeichnung vo däm nackiche Mann, mit däne zwo Oarm un zwo Bei. So äbbes ess Allgemeinbildung."

„Jöchdich, bôs du ôlles weißt."

„Tja, ich mach halt vill Kreuzworträtsel un guck Günther Jauch."

„Ich känn dôs Beld", versuche ich unter Vortäuschung einer wenig vorhandenen Kunstkenntnis zu glänzen. *„Dôs hängt beim Eckemann im Klo. Sô, jetz kömmst du!"*

„Momänt emô." Timo betrachtet sich den Toten genauer, *„Dôs ess doch ... guck doch emô ... ess dôs net ... dôs ess de Häckeschniedesch Gerd."* Seine Stimme versagt fast, als er den Toten erkennt.

„Nää."

„Doch."

„Du bist jô."

„Tatsächlich. De Gerd. Dôs ess jô furchtbar. Bôs mache mô de jetz?"

„Ich rôff de Maddes oh, banne sobéso schu hé ess, kônne dôs gleich mitgemach."

Maddes

„Herr Habersack, sie sind also Zeuge der Tat."

Mit wichtiger Miene schaut mich Kommissar Förster an und plustert sich dabei auf wie mein Truthahn kurz vor der Balz. Als ihn der Anruf von Timo erreichte, war er gerade dabei Fräulein Lydia zu vernehmen. Doch bei der Nachricht vom Tod seines Feuerwehrkameraden und Cousins war er schnell zum Tatort geeilt, hatte alles mit Flatterband abgesichert und begann damit unsere Aussagen zu protokollieren.

„Nuja, bôs heist Zeuche? Un béso searst'n du Herr zu mir, Maddes?"

„Dôs ist ein dienstliches Gespräch.

Ich fasse zusammen:

Ich, Franz Habersack, hatte den Wagen voll Granola und half dem Mariechen *Pöster*, die wo *oberstallsunterst* zwecks Rettung der eigenen Knochen den Satz in die Grube getan hatte. Vorher vernahm ich das Röhren eines mir persönlich völlig unbekannten Autos, das beinahe gegen die Geschädigte *witt* gerannt war. Dabei entfleuchte der Nebel und die Ballen erschienen mit einer *Leich* obendrauf."

„Ähhh... jô so könnt mersch gesoar", antworte ich und unterdrücke aus Gründen der Pietät einen Lacher.

„Sie dürfen jetzt den Tatort verlassen und ihre *Kadôffl* ausliefern. Bitte halten sie sich zur Verfügung und verlassen sie das Land nicht. *Ach, un ich nahm au zwo Säck.*"

Tante Adele

Trotz der traurigen Gewissheit, dass offensichtlich bei uns ein Mord passiert ist und ich wohl zum Kreis der Verdächtigen zähle, muss das Leben ja weitergehen und so setze ich meine „Tour - Pommes de Terre" fort.

Oberniederberg ist buchstäblich aus dem Häuschen. An jeder Ecke stehen kleine Gruppen, um sich über das Unfassbare auszutauschen.

Tante Adele erwartet mich schon in ihrem kleinen Häuschen in der Brückengasse 7.

„Ach Franz, schön, dass du da bist. Hä–ä."

Wenn ich meine Tante Adele charakterisieren müsste, dann mit den Silben: „Hä-ä." Niemand sagt so liebevoll und mit fast Gott ergebenem Duktus „Hä-ä". Darin steckt alles, was man über diesen Menschen wissen muss. Man könnte auch andere Formulierungen wählen, wie – jaja, ach Gott, oder – ich nehm das Leben so an, wie es ist. Tantchen sagt: „Hä-ä."

Adele Habersack, *ä hätzegood* Frau, aber nicht die hellste Leuchte unter den Dorflampen. Sie stammt aus einer alteingesessenen Fuldaer Familie und fühlte sich lange Jahre fremd hier auf dem Dorf. Mittlerweile ist sie zwar integriert, spricht aber eine Mischung aus Rhöner Platt und Fuldaer Hochdeutsch. Fuldaer Hochdeutsch, so hat es der legendäre Günther Elm schon beschrieben, erkennt man unter anderem am Fuldaer Akkusativ: *„Der kenn ich."*

Als wir noch Kinder waren, haben wir Tante Adele und Onkel Bernward jeden Tag besucht. In ihrer kleinen Scheune mit dem fließenden Bach dahinter gab es immer viel zu entdecken. Einen Pferdeschlitten, in dem die Hühner ihre Eier legten, das verrostete NSU Quickly Motorrad von Onkel Bernward und unter daumendickem Staub das hellblaue Goggomobil. Außerdem hatte sie immer eine kleine Leckerei für uns in ihrem zweiteiligen, nach altem Holz und Suppengewürz riechenden Küchenschrank parat. Leckmuscheln, Rundlutscher oder Sunkist aus der Pyramide. *Schnupp*, wie ihn nur Leute aus unserer Generation noch kennen.

Das Dinkelkissen

Onkel Bernward ist das männliche Spiegelbild von Adele. Bei den beiden kann man wirklich sagen, die zwei passen zusammen *bé de Hengescht uffs Döpp.*

Die Lebensaufgabe von Adele ist es mittlerweile Onkel Bernward wach zu halten. Egal, wo er ist oder was er gerade tut, nach zehn Minuten ohne anschubsen schläft er ein. Er muss im vorigen Leben ein Siebenschläfer gewesen sein.

„Ess Onkelé schlöfft wir hä?", frage ich, während ich die Kartoffeln ablade.

„Ja, was sonst. *Ess iss* so *schad, mir könne nirchends* mehr *hingehe.* Egal ob in *de Kirch* oder im Dorftheater … *de* Vorhang tut *aufgehe,* mein Bernward tut *schlafe.* Hä–ä. *Un* der schnarcht. Jede Nacht *tut* der zwei Kubikmeter Holz klein *mache.* Das *is* die Apnoe. Das hat *ewenk* was mit *de Nasescheidwand* zu tun. Hä–ä."

Dann folgt ein fast mitleidiges, aber liebevolles: „Ach *Gottche, de* Bernward."

Die zwei lieben sich wirklich, auch nach 50 Jahren Ehe. Man hat sie noch nie im Streit gesehen. So eine Beziehung wünscht man jedem.

„Ich selbst *tu* das ja *schun garnet* mehr *höre. Weißde,* wenn *mô fuchzich* Jahr *verheirat is.* Hä–ä.

Was *ham mir* schon alles probiert. Bauchlage, Nasen-klammer, *Tabledde*, Sauerstoffzelt … hat alles nix *geholfe*.

,Versuchs *ema* mit Dinkel', hat mir *ess Pösdesch Marieche empfohle*. Dinkel *sach* ich, der *kenn* ich. *Unsern* Herrgott hätt nämlich in seiner Weisheit *geche* alles *äbbes lass wach-se. Un* das stimmt *au*. *De* Bernward zum Beispiel, hat ja *au* so *ä bissi* Inkontinenz. ,Die *Dichdunge sinn* porös', *sacht* er *immô. Un* da *helfe* Kürbiskerne. Hä-ä. Tröpfels gern …iss Kürbiskern. Un *geche* die Schnarcherei hilft Dinkel … also *Dinkelkisse*. Die *kannsde* im *Backofe warmmache*, dann schön *unnern Kopp* un dann schnarchst du *net* mehr.

Ich hab mir ja eins in *de Apothek wollt kaufe*. Also hier beim Apotheker Bormann – *kennsde der*? Die *sinn* ja ver-rückt … 40€ für so *ä* 10x20cm *groß Kisse*. Viel Geld, gell? Hä-ä. Gut, die VDK *hätt äbbes dezu gegebe*, aber die *Bezüch* von *unserne* Biber *Bettwäsch*, *weißde* die uns die *Kinner* zur *silberne* Hochzeit *habe* geschenkt, *sinn all* 80x80.

Da hat *de* Bernward *gesacht*, `Adele', hat er *gesacht* … `was *brauche mir* dem Apotheker sein *deuere* Dinkel, den *könne mir* doch selber *anpflanze*'. Nu ja, da *habbe mir* halt die Wäschespinne aus *em Vorgadde*, die Nordmanntanne umgemacht, die *Blumerabatte* fort un dann *ham mir* Din-kel gesät. Hä-ä. *Jô* un dann kam de Mähdrescher …"

Der Blick von Tante Adele geht in die Ferne, als sähe sie alles genau vor Augen.

„Das *is ä Dinkelkisse* geworde, da *kannsde* Sie *dezu saa-che*. Es *is* halt *ä bissche* schwer un warm *mache* kann ich's *au net*. So *en* Zentner Dinkel *basst* einfach *net* in *de Back-ofe nei*. Hä-ä.

Es knirscht *au ä bissche*, wenn de Bernward sich nachts *tut rumdrehe*. Ach Bernward, hab ich *gesacht*, das *iss* wie damals beim *Baue*, wo *mir* die Fundamente *habe* geschottert. Hä-ä.

Ich *hab mei* Bernwardche dann noch *wollt überrasche*. *Aaach mir hatte* doch noch so viel von dem Zeuch *übrich*, da *hab* ich ihm noch *ä* Dinkel-*Bettdeck* genäht. Hä-ä.

Nuja... beim *zudecke* hat er sich halt zwei *Rippe gebroche* und die *Lung* gequetscht. Hä-ä. Aber Schnarche tut er *net* mehr."

—

Die schräge, aber irgendwie typische Episode aus dem Alltag von Onkel und Tante lenken mich heute nur kurzzeitig von den Geschehnissen in Oberniederberg ab. *De Häckeschniedesch* Gerd, der mit richtigem Namen Gerd Förster heißt, war der direkte Nachbar von Tante Adele. Ein eher stiller Zeitgenosse, der mit seiner Frau Mechthild das Haus seines im Altersheim lebenden Vaters umgebaut hat. Pfarrer Pischalke schätzt seine Dienste als Küster und natürlich ist er, wie alle Försters, in der Feuerwehr, die wegen des Försterüberschusses im ganzen Fuldaer Landkreis auch Försterwehr genannt wird.

„*Iss* das *net* furchtbar, was in unserm *kleine* Dorf *tut passiere*? Du bist ja *es Lebe nemmehr* sicher. Hä-ä.

So *en guude* Kerl *un* dann das!

Die *arm* Frau. Hä-ä."

„*Tandé, räh dich net uff, schless dé Düre zo un lôss kei Frémes nie.*"

„Das tu ich *mache. Machs schöh guud un tu* mich bald *widdô ma besuche.* Hä-ä."

In der Brückengasse

Tante Adele winkt mir nach, als ich ihr Haus verlasse. Täusche ich mich, oder ist in der Brückengasse heute wesentlich mehr Bewegung als sonst?

Nicht nur die Autos von *Maddes* und Pfarrer Pischalke stehen vor Mechthild Försters Haus, nein auch die Turnfrauen haben offensichtlich ihre Nordic-Walking-Route verlegt. Wie zufällig sind sogar die drei Marias auf den Fersen. Das ist ungewöhnlich, denn normalerweise verlassen sie nur ungern ihre heimischen Beobachtungsposten. Die Straße, in der sie wohnen, nennt sich „Am Küppel". Von dort oben hat man den besten Blick aufs Dorf und auf die Nachbarschaft.

„*Moin Franz!*", ruft *dé Bummse Moarré*.

„*Moin ihr drei Hübsche. Nô macht ihr en Schbaziergang?*"

„*Alte Frrrauen müsse aach emôl rrraus an die frrrisch Luft*", zischt *dé Dritzevertze* Maria. *Ess Pösdesch Marieche* ist auch wieder fit und hat wohl das rituelle Kräuterverbrennen für heute eingestellt. „*Hôsde dich wir erholt vo dim Schdurzfluch hütt Morré?*", frage ich zwinkernd.

„*Kützé, sei net so fräch, sonst boartsch ich dir ei.*"

„*Woar nur en Schbass. Gitts dä schu Neuigkeide?*"

„*Hm ... also ...*", stammelt *dé Bummse Moarré.*

„*Ich well jô nüscht gesoart hô ...*", hebt *ess Pössdesch Marieche* an, jäh unterbrochen von einem:

„*Mirrr wisse nix!*", von General Maria.

Ein kurzes, brüllendes Schweigen tritt ein. Zwischen den Dreien entsteht eine Art Augenpingpong.

Da platzt es aus *de Bummse Moarré* heraus mit einer Intensität, als ob sie Pickel bekäme, wenn sie das Geheimnis für sich behalten müsste: „*Dôs rot Böchelé hônn se gesoicht, dé Iebrächô.*" Dabei wackeln ihre herunterhängenden Genscherwangen wie alte Satteltaschen.

„*Garrrnix*", fällt Maria ihr schnarrend ins Wort.

„*Üwôhaupt nüscht, in drei Godds Nome*", bestätigt eifrig ess *Pösdesch Marieche.*

„*Ach so, jôjô, net emô dôs*", gibt *dé Bummse Moarré* klein bei.

Das rote Buch
der Lydia Kanopka

Fräulein Lydias *berühmt rot Böchelé*. Der heilige Gral der Sünde. Niemand hat es je gesehen, aber jeder ist sich sicher, dass es existiert. Besonders der Männerwelt aus Oberniederberg treibt es die eine oder andere Schweißperle auf die Stirn.

Wie gemunkelt wird notiert die „Nitribitt" der Rhön jeden ihrer Besucher in dieses ominöse Buch. Mutmaßlich herrscht ja nachts in Lydias Haus „Am Küppel 3" reger „Verkehr". Des Öfteren sollen dort Männer mit hochgestellten Mantelkrägen im Schutz der Dunkelheit ein und aus gehen. Welche Männer das sind, warum sie dort sind und ob sie überhaupt dort sind, das weiß wohl nur Lydia und natürlich, Sie ahnen es schon, die drei Marias, die mit ihren Nachbargrundstücken den Ort der Sünde umzingeln.

Von den stockschwingenden Turnfrauen werden diese Gerüchte natürlich mit Interesse wahrgenommen. Sorgt sich doch die eine oder andere um die Tugendhaftigkeit des lieben Gatten.

Eckemanns

Es soll hier aber nicht der Eindruck entstehen, alle Turnfrauen wären spießige, misstrauische Spaßbremsen.

Eine von ihnen ist sogar das oberste Partybiest Oberniederbergs.

Sandra Künkel, *dé Eckemanns* Sandra, lässt mit ihrem Martin nichts anbrennen. Die beiden bewohnen das grüne Eckhaus in der Fuldaer Straße, also mitten im Dorf. In Sichtweite von Kirche, Oberwirt, Nahkauf und Bushaltestelle. Das „grüne Haus" ist der Party-Hotspot in Downtown Oberniederberg.

Dé Eckemanns waren schon immer anders als die „normale" Dorfbevölkerung. In der Ornithologie teilt man ja die Vögel in nacht- und tagaktive Sorten ein. Bei den Rhönern ist es ähnlich. Während ich mich definitiv zu den frühaufstehenden Lerchen zähle, gehören dé Eckemanns zu den Eulen, die erst im Schutz der Dunkelheit zum Leben erwachen.

Auf Dorffesten sind sie zwar nicht die ersten, die kommen, aber immer die letzten, die gehen. Wenn die Festwirte den Zapfhahn zudrehen, aber der Club der durstigen Eulen einfach nicht nach Hause gehen kann, ruft immer einer das geflügelte Wort: Im „grünen Haus", da brennt noch Licht, nach Hause gehn wir lang noch nicht.

Selbst wenn es mal vorkommt, was selten vorkommt, dass Martin und Sandra schon schlafen, kann der Partybedürftige nachts um 3 Uhr noch klingeln. Allein die Haustürklingel macht jedem klar, hier wohnen keine Kinder von Traurigkeit.

Ding Dong kann jeder. Bei *Eckemanns* macht die Klingel Holdereiduliö.

Den durstigen Brüdern und Schwestern der Nacht wird geöffnet und in Windeseile läuft dann das ultimative Partyprogramm ab. Tisch und Stühle zur Seite, Musik an, die Boxbeutel aus dem Keller geholt und ab dafür.

Nackt am Fahnenmast

Die schrägste Party, welche die beiden je zelebriert haben, fand in der Nacht vor Fronleichnam 2007 statt.

Wie die meisten christlichen Feiertage hat auch Fronleichnam seine überlieferten Traditionen.

Die Straßen werden für die große Prozession mit frisch geschlagenen Birkenbäumchen geschmückt und an den Häusern wehen weiß-gelbe Fahnen im Wind. Am frühen Fronleichnamsmorgen ist das ganze Dorf auf den Beinen, um die Altäre mit Kreuzen, Madonnen, Kerzen und blütenweißen Klöppeldeckchen zu dekorieren. Frauen und Kinder bringen Blumen, um damit Teppiche zu legen, und die Straßen werden pikobello gekehrt. Um 6 Uhr in der Frühe spielt die Kapelle oben vom Küppel zum sogenannten Wecken. Dann schallen traditionell „Beim frühen Morgenlicht" und „Wunderschön Prächtige" über die Dächer und Gärten des Dorfes. Nach jedem Lied lässt der Pfarrer feierlich die Glocken läuten.

Auch 2007 quirlte das Leben in Oberniederberg.

Schon am Tag zuvor wurde von der Gemeinschaft der Fuldaer Straße einer der großen Altäre für die Fronleichnamsprozession direkt vor *Eckemanns* Haus aufgebaut.

Am Morgen wurde alles präpariert, so wie es seit Jahrhunderten der Brauch ist.

Nur im Hause *Eckemann* rührte sich nichts. Natürlich war wieder Party angesagt. Am Abend vorher war in Unterniederberg eine Discoveranstaltung mit DJ Erwin und die üblichen Verdächtigen fanden mal wieder keine Ruhe. Also – Holdereiduliö – gings ins grüne Haus.

Das Hochamt war schon zu Ende und die Gemeinschaft formierte sich zur Prozession. Die Vereine trugen ihre Trachten und Uniformen und die „Zivilisten" kamen im feinen Zwirn.

„In Gottes Namen fahren wir", hob der Musikverein Harmonie an zu spielen. Der Pfarrer verkündete die Prozessionsordnung, die schon seit Jahrhunderten die gleiche ist: „Vorne läuft das Kreuz, dann die Kinder, danach die Kapelle. Hinter dem Allerheiligsten laufen Männer und Jungmänner, dann Frauen und … äh …Mädchen."

Er vermeidet immer bewusst das Wort Jungfrauen. Selbst ein Pfarrer kann sich in dieser Angelegenheit nicht sicher sein.

Aus scheinbar weit entfernten Galaxien, die nie ein Mensch zuvor zu hören bekam, vernahmen nun auch Martin und Sandra die seltsame Zwölftonmusik des MV Harmonie, die sich mit der alten Madonna CD, die im Autoreverse des heimischen Players lief, zu einer außergewöhnlichen Kakophonie vermischte. Zunächst glaubten sie an einen schrägen Traum. Blinzelnd öffneten sie langsam die Augen. Die sehr reale Sonne warf schmale Strahlen durch die Schlitze der halbgeschlossenen Rollos. Beide waren wohl im Wohnzimmer eingeschlafen und hatten gar nicht mitbekommen, wie die nächtlichen Besucher gegangen waren. Als die Musik aus der außereckemännischen Galaxie immer lauter wurde, schossen beide hoch und schauten sich entsetzt an. Unisono schrien sie: „Scheiße, die Fahne!"

Fehltritte, wilde Partys, Geldschulden und Massenmord würden in der Familie großmütig verziehen werden, aber wenn die Fronleichnamsfahne nicht hinge, würde das einen jahrelangen Familienkrieg auslösen. Der im Parterre wohnende Schwiegervater war in diesem Punkt sehr streng. Beiden war schlagartig klar, dass die Fixierung des schweren Ungetüms, in der am Balkon vorgesehenen Halterung, zeitlich nicht mehr zu schaffen war. In letzter Sekunde, noch bevor die Prozession in Sichtweite des Hauses kam, schoben sie kurzerhand den Fahnenmast über den Balkon und umklammerten splitternackt das schwere Monstrum mit Armen und Beinen, den Körper nach unten hängend. Das Bild erinnerte an kopulierende Faultiere im Kongolesischen Regenwald.

„Patris et Filie, et spiritus Sancti ..." sprach der Pfarrer mit katholischem Pathos unter dem brokatverzierten Himmelsbaldachin. „Amen", antwortete brav die Gemeinde. Die unschuldig gekleideten Weißensonntagsmädchen warfen Blumen aus ihren mit kleinen Bändern geschmückten Körbchen auf die Straße. „Auf Sion preise deinen König", sang die Gemeinde inbrünstig, während vom Balkon des grünen Hauses die weiß-gelbe Fahne scheinheilig im Wind wehte. Hinter dem Geländer jedoch hingen zwei nackte, panisch verschwitzte Körper völlig fertig an der Stange.

Das Runkelfest

Holdereiduliö

„Wer stört?", krächzt es durch die Sprechanlage verbunden mit einem prustenden Lachen.

„Klingelingeling, Klingelingeling, hier ist der *Kadôfflmann*", antworte ich, gleichermaßen belustigt.

„Ach Franz, komm rie, mir senn grôd erscht uffgeschdanne."

Er öffnet die Tür und ich trage den schweren Sack Granola hinein.

„Wellsde en Kaffee?"

„Jô Gott, baröm net."

Den leeren Weinflaschen und dem beißenden Zigarettengeruch, der sich in jede Pore der Erfurter Raufasertapete eingegilbt hat, entnehme ich, dass letzte Nacht hier mal wieder die Wutz los war.

„Guck dich net öm, hé serts uis bé bei Göbels hengerm Schisshuis".

Anmerkung:
Die Göbels sind die dorfeigenen Messis. Aus allen Zimmern, Garagen und der Scheune ihres Anwesens quillt der Müll hervor. Für alle sichtbar ist auch das alte, mit einem ausgesägten Herz geschmückte Toilettenhäuschen. Auch

dahinter stapelt sich der Unrat. Daher lautet das Oberniederberger Synonym für Durcheinander: „…bei Göbels hengerm Schisshuis."

„Mir woarn Gäsdn ôm Runkelfäst. Nôja un bé dôs halt so gett hônn mir hé noch en Absackô getrônke."

Während Martin in den *Eckemännschen* Ecken die leeren Weinflaschen zusammensucht, röchelt die Kaffeemaschine in der Küche und Sandra bringt Tassen, Milch und Zucker ins Wohnzimmer.

—

Das Runkelfest hat in Oberniederberg eine Jahrhunderte alte Tradition und wurde nach dem Krieg vom Musikverein wieder belebt. Höhepunkt ist die Wahl des Runkelbocks. Der Runkelbock ist ein absoluter Ehrentitel und muss in mehreren Disziplinen in einer Runkelolympiade erkämpft werden.

Beim Runkel-Hindernisrennen durchfahren die Wettkämpfer einen Hindernis-Parcours mit einer alten, mit Rüben beladenen Holzschubkarre.

Beim Runkel-Curling gilt es in Zweiergruppen seine Rüben möglichst schnell ins Ziel zu bekommen. Dabei müssen sie auf einer mit Schmierseife bestrichenen Plastikfolie so geschickt geschubst werden, daß die Runkeln des Gegners rausgekickt werden.

Kräftige Muskeln brauchen die Runkelbock-Anwärter für die Disziplinen Runkel-Jonglieren und Runkel-Tennis.

Letzteres wird mit Edelstahlschlägern ausgetragen und ist beim Publikum sehr beliebt. Die härteste Prüfung ist jedoch der Runkel-Triathlon. Hier müssen die Teilnehmer mit fünfzehn Kilo Rüben, die in einer Rhöner *Weidekötze* am Buckel getragen werden, zwei Kilometer über Feldwege sprinten, durch den Löschteich schwimmen und mit dem Fahrrad eine Strecke von zehn Kilometern zurücklegen.

Der Gewinner der Runkelolympiade bekommt die goldene Ripsmühle und erhält für ein Jahr freien Eintritt zu allen Veranstaltungen in Oberniederberg. Außerdem ist er in dieser Zeit Ehrenbeisitzer im Gemeinderat und bekommt in der Kirche einen gepolsterten Sitzplatz.

Zum Fest sind groß und klein kreativ und schnitzen fantasievolle Runkelköpfe, die bei Einbruch der Dunkelheit von innen illuminiert und rund um die Kirche aufgestellt werden.

Manche behaupten sogar, die amerikanische Kürbistradition zu Halloween hätte in Oberniederberg ihre Wurzeln, weil der allererste Runkelbock, ein gewisser Cornelius Förster, damals nach Amerika ausgewandert war.

Das lässt sich natürlich nicht mehr beweisen, aber je öfter man es behauptet, umso wahrer wird es.

Das schönste Schnitzwerk wird ebenfalls von einer Jury, bestehend aus dem Ortsvorsteher, dem Pfarrer, dem amtierenden Runkelbock und Frau Pinkus, der Handarbeitslehrerin, prämiert.

Nach der Preisübergabe wird seit ein paar Jahren die Oberniederberger Runkelhymne von den Plattschwatzgirls angestimmt:

Sersde bé dé Lechdô funkeln?
Övôniddebärchô Runkeln.
Lüchde häll im defsde Dunkeln.
Övôniddebärchô Runkeln.
Ess lässt sich schöh im Dunkeln munkeln,
bann dé Röbe herrlich funkeln.
Övôniddebärchô Runkeln.

„*Dé hadde wir ä schöh Programm, gäsd´n Ômnd. Aach,*
mache sich dé vom Mussikverei immô ä Ääwet. Dé Mam-
bachtaler Volkstanzgruppe hôtt gedaanzt, dann hadde se
noch so ännô - aach hôtt dä Schbrüch gemoaicht - woard
emô bé héß de dää nur, meinsde ich kööm jetzt druff? Naja,
egal. Dé Wachtküppel Buben hônn Mussik gemoaicht. Ess
waor en schönne Omnd", sagt Martin, während er hem-
mungslos gähnt und sich genussvoll an einer Stelle kratzt,
die ich nicht näher beschreiben möchte.

„*Ich wallt euch noch schnäll ess Neust …*"

„*Wenichsdens hôtt dé Harmonie net sälwô geschbielt"*,
unterbricht mich Sandra, die inzwischen wieder in die
Küche gegangen ist und nach einer Aspirintablette sucht.
„*Däne ihr Mussik werd immô schröawô.*"

„*Jô källe. Dô hôsde räächt. Heidenei, woar dôss Fröhô*
immô en Schtress."

Als hätte Sandra ein Türchen geöffnet, habe ich sofort
tausend und eine Geschichte aus meiner aktiven Musiker-
zeit vor Augen.

„*Wochelang hônn mir immô ôlles vürbereit, de Festplatz*
uffgebaut, dé Runkelolympiade durchgeführt un dann noch

Mussik gemoaicht. Drei Dôg nôchhää hônn mir dé Grääde noch weh gedoh. Weil ess senn jô immô dé sälwe Dômme, dé mösse schaff. Sô, jetz kömmst du!"

„Ihr hôtt dômôls emô ä zietlang rechdich got Mussik gemoaicht", erinnert sich *de Eckemann.*

„Kloar. Ôlle Wôch hônn mir irchendwo en Bockbierômnd geschbielt un dé Zelde woarn vohl. Mir hadde au ä rechdich Show, so mit bunde Lechdô, Anlaache un Kulisse.

De Katzeschieß un ich hadde sogoar ä Gesangsduo. Mir héße - Schiss uff Nöm - weil Franz un Katzeschieß wallde mô ôns net nänn.

Dää Katzeschieß, dôss ess jô en 400prozändiche Mussigô. Besonders dé Egerländô hônns'm ohgedoh. Schu Morrits bann dä uffschdiecht leift de Egerländô Liedômarsch im Player. Woart emô, bé hôtt dää dômôls immô dé Ansaache gemoaicht:

Bann Tuba un Trommel im Kähler vibriere,
dé Hörner be Buiddô durch dé Wäng diffundiere,
dé Balge sich bieche bann Posaune ertöne,
Klarinedde un Sax dé ganz Wohnung verwöhne,
dé Schäng daanze Polka beim Trompetegesuis
dé Flüchelhörnô schwebe bé Engel überm Huis,
dôs ganze harmonisch sich intoniert,
ganz sanft dir dé Ohrmuschel neu dabeziert
un ôlles nôch böhmischem Heimatland zielt
…dann werd irchendwo Ernst Mosch gespielt.

Mussikverrückt halt. Neulich hatt ich Schnôbbe un hônn ihn gefrôcht - hôst du emô ä Tempo? Sog hää: `kloar - 1-2-3-4.'

Källe nä, bo mir dômôls gesônge hônn, woar `Herzilein' von de Wildecker Herzbuben de absolude Hit.

Mit fönf Sofakösse hônn mir ôns uisgeschdôbbt - medde im Summô - dô ess de Bröh gelaufe, äwwo mir hônns durchgezoche.

Ich wänns nie vergässe, mir hadde en Ômnd in Bôbbehuise, dô hônn ich beim „Herzilein" so ä Mäje uisem Publikum uff dé Bühne geholt. Dôs woar so ä ganz zoardes, bé ä Nonnedützé. Un dann hônn mir so ganz erodische Mänggängges gemoaicht - weisde so ä bessé Dördie Denzing. Dé hôtt au ôlles mitgemoaicht un dé Lüüt hônn Brôahl gedoh.

Jong senn mir goot hütt, hônn ich mir noch gedoaicht. Bé dôss Lied ferdich woar hônn ich se uff de Bühne durchs Mikrofon gefrôcht - du wisst dé Ôllôschönnst hütt Ômnd - be heist´n du? Dôdruff sog se mit ännô Schdömm bé John Wayne: `Jochen'.

Léwô Gott - hônn ich mir in däm Momänt gedoaicht - bann du mich wellst hol, dann jetz sofort. Hütt kônn ich dôdrüh gelach, äwwô dômôls worasch peinlich.

Äwwô bôs ich euch noch wallt verzehl ..."

„Bo woarscht´n du gäsd´n Franz?"

„Ich kannt net fort, dé Sau hôt geheckt. Bää ess de Runkelbook geworn?"

„Desmô woarsch knapp, äwwô de Sauesch Karsten hôt de Titel verteidicht. Un dé schönnst Runkel hat de Övôwerts

Markus. Ä Kunstwerk soarn ich dir. Dôs sôg uis bé so ä japanisch Kabäll, also, nô, be seart mô ... Pegida, nää ... Pagode, so ä Rhöner Japanisch Runkel-Pagode. Doll. Un enne denn woarn so bunde Solarlämbôré, also mit ohne Kabel droh. Dôs ess halt ewenk so en Künstlô, dää Markus."

Während unseres Gespräches versuche ich die ganze Zeit den beiden die schreckliche Nachricht mitzuteilen, will jedoch nicht mit der Tür ins Haus fallen. Während Martin den Kaffee nachschenkt, bietet sich endlich die Gelegenheit.

„Bé ich dôss so ruishörn, hôtt eu´s noch goarnet gehôrt?"
„Bôs?"
„De Häckeschniedesch Gerd hônn se vürcht Noaicht ömgebroaicht."
„Dôs es net woar. Jetz môss ich mich erscht emô sätz."
Martin und Sandra sind sichtlich geschockt von dieser Nachricht.
„Dôs kônn doch net ... bä macht´n ... dôs gitts doch goarnet ... de Gerd? Dä woar doch dé Noaicht au hé."
„Dä woar hé?"
„Jô. Mir hônn ôm Fäst zesômme gesässe. Dé Mechthild un hää kome so gääche oaicht Uhr. Sé hat sich ruisgebôtzt he ...källekälle un hää hat sich au in dé Wix geworfe. Hää hat de schwoarz Ohzuch oh."
„Béso de dôs?"
„Dé woarn irchendwo uff ene Hurset gewäße, senn dô äwwô fröhô fort weil se noch uffs Fäst wallde. Dé Mechthild

es dann fröhô hei, weil se noch dé Hôse môsst föddô un ä
Runde mit´m Hoind wallt geh."

„Nô, dô hat der Gerd jô freie Fahrt."

„Jô, dää hôt sich schöh ännô niegezwacklt. Mir hädd´n jô
mitgenômme, äwwô hää sog - vielleicht komm ich nôch. Ob
dôs got get, hônn ich mir noch gedoaicht, du weißt jô bé de
Gerd ess ... also woar."

Dé Häckeschniedô war bekannt für seinen fehlenden
Orientierungssinn gepaart mit einer extremen Augen-
Schiefstellung und einer Rechts-links-Schwäche.

„Jô, dômôls beim Vereinsausfluch von de Feuerwehr ...
weißde nôch? Berchtesgaden? Dô hôt dää sich in de Alm-
bachklamm verlaufe. Dôs gett eichentlich goarnet, weils dô
nur schdracksuis gett."

Während wir sprechen, übermannen uns die Emotionen
und es bildet sich ein dicker Kloß im Hals. Gerd war ein lieber Kerl, aber leider in manchen Dingen ein bisschen un-
beholfen.

„Irchendwann woar dää dô, zesômme mit noch annôre
Kütz, äwwô ich hônns goarnet mitkreicht bé dää hei ess
gange", sinniert Sandra und wischt sich die Tränen aus den
Augen. Offensichtlich fehlen ihr ein paar Momente vom
Ablauf der letzten Nacht.

„Ach ... un bei de Lydia hônn se iegebroche."

„Du machst mich ferdich", schluchzt Sandra.

„Woat emô, woat emô ...", sagt Martin und versucht
Ordnung in den alkoholverschwurbelten Kopf zu bringen.

„Bé ich lätzt Noaicht Zigaredde ôm Audomat wallt hol,
hônn mich zwä Männô in so em Sportwoa nôch de Lydia

gefrôcht. Dé hadde ä „F" ôm Kännzeiche. Jôsdes nää, hônn ich mir so gedoaicht, jetz komme se schu zum börschde uis Frankfurt in ônsô Durf. Mich hôt nur gewônnôt, dess dé medde in de Noaicht Sonnebröll uffhadde."

„Dôs waorn beschdimmt dé Halunke", sagt Sandra entsetzt. *„Dô meint mô immô hé im Durf wär mô sechô. Püffedäckl."*

„Hé, dôs môsst du em Maddes soar, dää hôt nämlich ess Ganze", schlage ich vor.

„Ôns´n Feuôwehr-Maddes?"

„Jô, dää ess doch bei de Bolizei."

„Oh je … dôs Dénk werd nie uffgekloart."

Kommissar Förster war nach dem Anruf sofort zur Stelle und notierte die Aussagen mit der Ernsthaftigkeit eines Buchhalters auf seinen Notizblock:

„Ich fasse zusammen: Herr Martin Künkel hat in der Tatnacht den da noch lebenden Toten zwecks Verabreichung alkoholischer Genussmittel und Weines Unterschlupf gewährt. Ebenso hat er einem Frankfurter Nummernschild mit Sonnenbrille den Weg zum mutmaßlichen Puff *gezeicht.* Danach kann sich seine Frau an nichts mehr erinnern."

„Maddes", heb ich an zu fragen und werde mit einem hinweisenden Räuspern gerüffelt.

„Ach so! Herr Kommissar Maddes, äh Förster, Herr Kommissar Maddes Förster, bé ess dä dää oarm Gerd eichentlich ömgebroaicht worn?"

„Nichts Genaues *weiß* ich *net,* jedenfalls sah die *Leich net* gesund aus. Ich gehe von mehreren stumpfen Schlägen mit einem spitzen Gegenstand aus."

„*Källe nää*", entfährt es mir beim Blick auf die Uhr, „*Ich môss widdescht, dé Lüüt woadde uff dé Kadôffl.*"

„*Machs schö good*", ruft mir Martin hinterher, nachdem er bezahlt hatte.

Quendolin und Klaus-Dörte

Jetzt wird's höchste Zeit, dass ich zu meiner Oma fahre. Sie wohnt nicht weit vom Oberwirt entfernt in der „Wirtsgass" und da es schon auf die Mittagszeit zugeht, bin ich mir sicher, Oma hat etwas Leckeres gekocht.

Die „Wirtsgass" ist sehr schmal und unübersichtlich. Auch hier sind die Obstbäume voll gespickt mit Früchten und die Äste neigen sich unter der schweren Last tief in die Straße. Um Haaresbreite verfehle ich mit den Vorderreifen meines Bulldogs Quendolin und Klaus-Dörte Kellermann, die mit ihrem Tandemfahrrad in weitem Bogen den Ästen ausweichen.

„*Herrschôcknôchemô, könnt eu net uffgebass?*", entfährt es mir.

„'Tschuldigung", sagt Klaus-Dörte und Quendolin schiebt ein „Ach, das ist uns voll unangenehm." hinterher.

Das schwere, im bunten Hippiestil bemalte Tandem steuern sie mit der linken Hand. Mit der Rechten transportieren sie einen großen Kontrabass.

Kellermanns sind sogenannte Aussteiger, die das stressige Leben in der Stadt gegen den alten *Belzehof* am Ortsrand von Oberniederberg getauscht haben. Seit drei Jahren renovieren sie liebevoll das alte Gehöft, dass die Erben des alten Belzbauern schlicht haben verfallen lassen. Jeder neu eingefügte Balken ist hingebungsvoll handgehobelt und jeder Holzwurm wird durch stundenlanges Klopfen überzeugt, freiwillig die Koffer zu packen um beim Nachbarn einzuziehen. Die Wände sind verputzt mit einer eigenfußgestampften Mischung aus Lehm, Pferdemist und Buchweizenstroh, welches sie auf einem gepachteten Acker angebaut haben. Sie backen mit einer Himmelsgeduld steinhartes Brot aus ihrem selbstgedroschenen Weizen, essen ausschließlich Obst, welches sich in suizidaler Absicht freiwillig vom Baum gestürzt hat und töpfern mitleiderregende Schüsseln, die sie im selbstgebauten Ofen hinter dem Haus brennen.

„Die haptische Erfahrung mit glücklicher, der Mutter Erde entnommener Tonerde, gibt uns das Gefühl eins zu sein mit dem Spirit des Universums."

Quendolin hat Biologie und Geschichte studiert und war ein paar Jahre in einem Kinderhilfsprojekt im Dschungel Brasiliens tätig. Klaus-Dörte, der alle Klischees eines typischen Waldorfschülers erfüllt, studierte Psychologie, verdient aber sein Geld mit Yogakursen, die er in Fulda abhält. Außerdem ist er ein besessener Kontrabass-Spieler. Stundenlang brummt, zupft und klagt das hölzerne Geschoss aus dem Belzehof und die Nachbarschaft liegt unter der Zuchtrute Wagners.

„Auch wenn Wagner politisch ein Arschloch war, so hat seine Musik doch was magisches. Gell."

Vor kurzem hat er mir erzählt, dass er sogar einen Doktortitel hat. Seine Dissertation trägt den vielsagenden Titel: „Die Seele ist ein Strumpf".

„Weißt du, Franz, ich habe in jahrelangen Studien herausgefunden, dass es einen direkten Zusammenhang zwischen der Psyche eines Menschen und der Auswahl seiner Socken gibt. Gell."

„Nää."

„Doch."

„Du bist jô."

Stundenlang hat er mich zugetextet mit seiner Philosophie, dass Menschen, die ihre Fußwärmer farblich abgestimmt mit der übrigen Garderobe tragen, extrem zur Selbstdisziplin neigen.

Menschen, die bunt geblümte Socken zu bedruckten T-Shirts tragen, sind sexuell offen. Dagegen sind Träger von schwarzen Socken ohne Ringel Langweiler und Tennissocken tragende Endfünfziger knauserige Spießer. Am schlimmsten sind Söcklinge jeder Art. „Söcklinge tragen Feiglinge, die nur halbe Sachen machen."

Es ist unfassbar, aber er berät sogar große internationale Firmen und warnt davor Wanderer, die ihre Socken mit Rechts und Links beschriften, für Führungsaufgaben einzustellen.

„Nur Menschen, die selbst im Winter unbesockt durchs Leben schreiten, sind mit sich selbst im Reinen. Gell!"

Ich hatte bei dieser Begegnung das unheimliche Gefühl, er blickt mir in die Augen und sieht, dass aus meiner linken Socke der dicke Willi im Freien baumelt.

Der Verdacht hat sich bestätigt mit dem Satz: „Dich, Franz, find ich trotzdem total sympathisch und voll schnuffte. Selbstgestrickte, ökologisch neutrale und, von der Farbe her, politisch korrekte Socken. Toll. Thumbs up! Gell."

Danke, Oma, für deine Wollakrobatik.

Ansonsten sind die beiden ganz in Ordnung und mit ihrer Art bereichern sie sogar das Dorf um eine alternative Note.

„Wir sind auf dem Weg zu dem schrecklichen Tatort, um dem Toten einen musikalischen Gruß nachzuschicken und ein paar Räucherstäbchen aufzustellen. Der Duft der Kerzen soll ihn auf seinem Weg über die Regenbogenbrücke begleiten. Du weißt ja sicher…"

„Jô, ich weiß!", würge ich das Gespräch ab.

„Ok, lieber Franz. Om Shanti", sagt Quendolin und Klaus-Dörte ergänzt: „Du hast tolle Chakren."

„Äh, nä, dôs senn Kadôffl", antworte ich unsicher.

Sie verneigen sich mit vor der Brust gefalteten Händen, schwingen sich auf ihren bunten Drahtesel und nehmen das große Instrument wieder auf. Barfüßig und mit wedelnden Pluderhosen rauschen sie dahin. Im Wind weht das wallende Haar von Klaus-Dörte und Quendolins Rastazöpfe klackern gegen die Speichen.

Oma Habersack

„Oma, ich bräng dé Kadôffl!", ruf ich, noch tiefenentspannt von dieser spirituellen Begegnung, in den Flur ihres alten, schnuckeligen Fachwerkhäuschens. Es ist mittlerweile schon 13 Uhr und bei Oma duftet es, wie erhofft, nach Essen. Bei Oma duftet es immer nach irgendetwas, sei es ihr unnachahmlicher Obstkuchen, Kaffee oder frischer *Zwibblsplôtz*. Manchmal riecht es auch nach Fichtennadel-Badezusatz, dann bin ich gefühlsmäßig sofort in meiner Kindheit. In den Sommerferien waren wir öfter bei Oma. Samstags wurde dann in der Waschküche die alte Zinkwanne aufgestellt, Wasser im großen *Wôrschtkässl* erhitzt, mit dem Eimer in die Wanne gefüllt und eine Fichtennadel Sprudelbad-Tablette ins Wasser geworfen.

Dann durften wir plantschen, bis Oma uns mit dem geblümten, fast durchgescheuerten Badetuch abgetrocknet hat. Wir wollten unbedingt rechtzeitig fertig sein, um die nächste Folge von „Daktari" nicht zu verpassen.

Anmerkung: Daktari war Tierarzt und Hauptfigur der gleichnamigen ZDF-Fernsehserie, die in der Buschstation Wameru irgendwo in Afrika spielte. Lieblinge dieser Serie waren Clarence, der schielende Löwe, und Judy, der Affe.

Das absolute Highlight waren die gemeinsamen Übernachtungen in Omas riesigem Federbett. Dieses außergewöhnliche Möbelstück habe ich geliebt und ihm sogar einen Liedtext gewidmet.

—

De Oma ihr grôss Fädôbätt

Fröhô bé ich noch en klänne Schnörbel woarn
un ich kannt kaum gedapp,
semmô immô gern zo de Oma hie
mit´m decke Môtze, Schal un Kapp.
Dô gôbs Pannekôche, Rührbônd, Rengfleischsôpp
un uff`s Knörtzé kom ess Schwinneschmaalz fätt.
Doch ess Ôllôbäst dort in de Oma ihrm Huis
woar dôs riesichgrôss Fädôbätt.

Ref.:   *Ess woar bunt lackiert, hoch bé en Baum*
       groß bé en Fußballplatz.
       In de Däck woarn Fädere vo oachtunnünzich Gäns,
       dé woar weich bé ess Fäll vo de Katz.
       Oaicht Keng lôge denn un ä Sau uis`m Schdall
       un en Hoind mit em Nome Fred.
       Mir hônn net vill geschlôffe, ewwô hadde vill
       Schbass in de Oma ihrm Fädôbätt.

Nôchem Ässe sôße mir in de Köch
un de Vôddô hôt geschbitzt un gegöckt.
De Oba hôt vo Fröhô un vom Krég verzahlt
un dé Oma hôt Sögge geschdreckt.
Tante Gerda hôt gesonge bé ä ôll Sôbbedöpp

un de Fritz quält dé Klarinett.
Ich verkrüch mich heimlich ôn de Buide nuff
in de Oma ihr Fädôbätt.

Ref.:   Ess woar bunt lackiert, hoch bé en Baum …

Jô, ich môg min Vôddô un ich mag mi Moddô,
môg Oma un Oba bé blöd.
Hônn mi´m Brodô gebalcht, hônn dé Katz gedalcht
un hônn geküsst mi Död … bääääh.
Bann ich dé Uhr könnt zeröck gedreh, jô dôs wär ganz per-
fekt.
Bann ich nôch eimô könnt gewällô mit de ganze Lüüt
in de Oma ihrm Fädôbätt.

Ref.:   Ess woar bunt lackiert, hoch bé en Baum

—

Oma Paula ist die Perle der Familie und steht für ihre
95 Lenze erstaunlich gut in *de Sögge.* Sie war in ihrem Leben noch nie im Krankenhaus und der einzige Doktor,
dem sie wirklich vertraut, ist Dr. Oetker. Das weiße Haar
ist zum Knoten geformt, die Haut fast faltenfrei und im
Kopf alles paletti.

„*Ess Ôllôwichdichst im Alter senn zwää Sache: oben
Licht und unten dicht.*" Das ist meine Oma.

Sie hat nicht nur ihren Mann, sondern zwei Weltkriege,
6 Päpste und 1764 Folgen Lindenstraße überlebt. Infolge

dessen kann sie nichts mehr erschüttern.

Ihr Überlebensmotto lautet: *„Bôs kömmt werd gemoaicht."* Eine Lebensweisheit, die auch ich mir mit steigendem Alter immer mehr zu eigen mache. Oma hat immer alles im Griff und ist ein Organisationstalent.

Nachdem Opa Anton während der baulichen Erweiterung unseres Aussiedlerhofes 1962 einen Sturz vom Baugerüst nicht überlebte, hat Oma den Laden allein geschmissen und nebenbei noch ihre 3 Kinder durchgebracht. Es war auch ihr eigener Entschluss wieder ins Dorf in ihr Elternhaus zurückzuziehen, als mein Vater dann soweit war den Hof zu übernehmen. *„Ich ôll Frau dapp euch doch nur im Wäg röm und euô Keng mösst ihr gefällichst sälwô groß zier."*

Die alljährlichen Weihnachtsbasare der Kirchengemeinde sind auch auf ihrem Mist gewachsen, genau wie die Seniorengymnastik im Sportlerheim.

Immer, wenn sich die Gelegenheit bietet, ist sie mit ihrem alten VW Käfer unterwegs. Das museumsreife Vehikel wird seit über vierzig Jahren gehegt und gepflegt. Wenn es sein muss, wechselt sie auch selbst die Batterie und schweißt den Auspuff.

Mehrmals in der Woche trifft sie sich mit Freundinnen auf einen Kaffee in der Stadt und einmal im Jahr gehts zum Wandern nach Bad Füssing.

„Bôs soll ich dehei setz un Schbennlabbe ohsätz."

Im Alter von 92 Jahren besuchte sie zusammen mit ihrer Schulfreundin Martina einen Computerkurs für

Senioren an der Volkshochschule in Fulda. Ihr Enkel, *ess Kurtche*, hat ihr seinen alten Computer zurechtgemacht und seitdem sitzt sie stundenlang davor und kämpft erfolgreich gegen die Tücken der Digitalisierung. Damit der alte Bildschirm schön aussieht und zu Gardinen und Sofakissen passt, hat sie eine Hülle drum herum gehäkelt.

„Also, dôs mit däm Internet, dôs ess ä fei Sach. Mir hônn ôns gleich in däm Feetzbuck ohgemäldt.“

„Oma, dôs heißt Facebook. Ich soarn immô Fratzebooch.“

„Môg sei. Ess räht mich nur uff, dess dôs Netz bei ôns hé so langsam ess. Bes ich dô emô en anschdändiche Mann känne länn es dää schu geschdorwe.“

Mit Martina trifft sie sich regelmäßig. Die zwei studieren dann gemeinsam die Todesanzeigen und schreiben sich die Namen der Witwer auf.

„Mô môss pragmadisch däänk. Ess könnt jô gesei, dess noch äbbes knackiches debei ess.“

Vor kurzem war sie wegen einer Routineuntersuchung bei Doktor Moseberg. Im Wartezimmer neben ihr saß Alexander, der Sohn von Ewald Habernoll. Er ist vor ein paar Jahren in die Neonazi-Szene abgerutscht und macht auch äußerlich keinen Hehl daraus. Man kann mit Fug und Recht behaupten, er ist das Abziehbild eines Neonazis. Oma schaute ihn von oben bis unten an. Betrachtete seine Glatze und die Springerstiefel und sagte: *„Ach du oarm Kützé, erscht dé Chemo un jetz au noch orthopädische Schur.“*

Das ist der subtile Humor der Oma Habersack.

—

"Bräng dé Säck in Kählô un dann hônn ich noch ä boar frösche Waffele mit Pudôzôggô un iegemoaichde Kersche für dich."

Oma ist natürlich über die aktuelle Lage bestens informiert.

"Dé Schtrohmöllesch Anna hôt mir hütt Morré beim Bömbels Erich im Geschäft ôlles verzahlt. Meh bé ich wallt wess. Jörem mei, dé schwatzt bé ä Ripsmöll un kömmt vom Kôche backe zu Oarschbacke. Dé hôt jô ôn däm Häckeschniedô kei good Hoar gelôsse. Dää Gerd dät se, während hää in de Kerch de Küsdô macht, mit de Auche uisziern."

"Heiô uff mit däm Gewiddôôst. Kônn dé net ihr Gorsch gehall? Mit de Auche uiszier? Bää well de dôs ôll Gelörch nackich sear?", antworte ich. *"Dé weiß wohl net, dess dää Gerd schielt. Wahrscheinlich hôt dää de heilich Jakobus in de Kerch ohgeguckt un dôs ôll Rääft dänkt hää meint sé. So, jetz kömmst du!"*

"Ess gett jô noch widdescht", sagt Oma. *"Dää Gerd dät jedem Weibôrook nôchgugge. Un dé Mechthild hätt äbbes mit em Schnietzé. Sé könnt sich au genau vürgeschdäll bôs Näächde bassiert ess. Dé Räubô wärn bei de Lydia iegebroche un hädde de Gerd in eindeutiger Position dewöscht. Dann hädde se ihn dotgeschmesse un els Warnung fürs Durf uff dää Schtrohballe gedônze. Un ess Schnietzé hätt se in de Mordnoaicht vürm Huis vom Häckeschniedô gesear mit*

blotverschmierte Häng. Dää hät däne beschdimmt gehôlfe.
Genau so dät se dôs au em Maddes verzehle."

„Ich glei däre kei Wurt. Dé hôt doch kei Ahnung. Dôs
schlömmst bei Lüüt dé kei Ahnung hônn ess, des dé kei Ah-
nung hônn dess dé kei Ahnung hônn. Un üwôhaupt, bôs
söcht´n dé medde in de Noaicht in de Bröckegass?"

„Sé hätt ihr Freundin in Kassel besöcht un uff de Auto-
bahn wär Schdau gewääse un deswääche wärsche erscht so
spät Hei komme."

„Heiô uff. Immô môss dé ihrn Drääk verdeil.
Mir dôt jô nur dää Schtrohmöllesch Wichbert leid. Siet
däm dää dé ôll Schrabnäll uis de Schdôdt geheirôt hôt,
kônnst´n vergäss. Ä Häänkholz esses worn, dää Wichbert.
Dää sersde doch nemmeh. Känn Schdammdüsch, känn Lanz-
club, kei Feuôwehr. Nüscht, goarnüscht. Grôdemô beim
Feuôwehrfäst hôdde drei Schdônn Bier defft zapp un sé hôt
en Vollkornkrömblskôche gebacke. Furztrocke! Dää hômmô
de Säu gegah, weil sich dé Lüüt sonst dé Zeh droh uisbisse.

Äwwô beim Helfôfäst owe im Schdeibruch dô woarn se
vorn droh debei. Sô, jetz kömmst du!

Bei mir heist dé jô nur Prozess-Anna. Ôlle Furzlang leit
dé mit irchendäm vür Gericht. Ich hatt jô au Zures mit däre,
wäche minne neue Schwemmentmistung. Hôtt dé doch dé
Bolizei ohgeroffe, weil sé könnt de Geschdaank nemmeh
uishgehall.

Sô, jetz kömmst du!

Kônn ich dôs gewess, dess dé ihr Schlôfstuwe genau üwo
mimm neue Gülletank hônn? Soll ich dôs Zeuch nôch Russ-

land verkauf un dé Köh mit Vollkornkrömblskôche föddô?

Mit de Gemei hôtt se sich au ohgelääht, weil de Schnee-schiebô dé Iefoahrt zogeschörcht hôtt. Äwwô dô ess de schöh henge nôb gefalle. Dää Richdô hôt gesoart: Schnee wär eichentlich au nur Wassô un dôs wär net ze bändiche. Dôs Luidô räht mich uff."

"Franz, do rôb", bremst mich meine Oma aus. *"Ä bessé äbbes ess immô woahr. Komm, äss noch ä Waffl."*

Oma hat natürlich, wie immer, recht. Sich über das Getratsche meiner Nachbarin aufzuregen ist so unnütz wie Hämorrhoiden oder Nasenhaare.

—

Wir beide schweigen ein paar Minuten und genießen die süßen, goldgelben Waffeln, die inzwischen schon ein bisschen labbrig geworden sind. Aber genau so mag ich das. *"Hmmm! Leggô."*

"Mich däts jo schu emô interessiere bôs in däm rode Böchelé schdett. Dôs soll jô so ä oart Tachebooch sei", sage ich und wische mir den üppigen Puderzucker aus dem Gesicht.

"Bôs ich net weiß, macht mich net heiß." Oma ist cool, wie man auf Neudeutsch sagt. *Lüütgeschwätz* juckt sie nicht im Geringsten. *"Weißde noch, du hôst au emô Tachebooch geschréwe bé du noch klei woarscht",* überrascht sie mich und schaut mich mit diesen – ach Gott bist du groß geworden – Omaaugen an.

„Jô, dôs mach ich hütt noch ôlsemô bann äbbes uisôgewöhnliches bassiert. Äwwô meisdens verschlapp ich dé Bö-
chô."

„Immô bann du nôch de School hé woarscht hôst du
düchdich geschréwe."

„Dôs werd en schönne Mist gewäse senn."

„Nää, ich hônn fürcht Woch erscht denn gelääse."

„Bé jetz, du hôst dôs noch?"

„Kloar. Die ôllôerscht Tachebooch. So äbbes schmisst mô
doch net fort. Got, dess du die Oma hôst. Woart ich hols
emô."

Sie geht in die gute Stube, öffnet die quietschende
Tür des Verticos und bringt mir die mit Prilblumen geschmückte Ringbuchmappe.

Ich fange an zu blättern und tauche hinein in längst ver-
gangene Tage. „Guck emô hé, dô schdett bé mir de Onkel
Bernward in de Nessenau gezeicht hôt bé en Flitzebooche
gebaut werd. Un hé, bé dé rot Mimi im Kleiderschaank,
zwösche de Môddô ihr Schlüpfô heckt hôt. Ich weiß
noch bé de Babba dômôls gesoart hôt – Herschtkatze
dauche nüscht un hôt se dotgeschmesse. Aach, hônn ich
gebleckt."

Aufgeschrieben habe ich auch die Zeit, als in unserem
ersten Schwarz/weiß-Fernseher Robinson Crusoe und
die Schatzinsel liefen. Das war faszinierend. Damals war
es mein absoluter Berufswunsch Pirat zu werden und auf
einer einsamen Insel nach Schätzen zu suchen.

Unsere große Scheune eignete sich prima als Piraten-Trainingscenter. Die Tenne war das Meer, der Handwagen und das alte hölzerne *Drôtzefass* dienten als Piratenschiff. Damit enterten wir den großen Heuhaufen, der als einsame Insel perfekt war. Emil musste „Freitag", den Menschenfresser, spielen.

Manchmal nutzten wir die langen Heuseile als Lianen, an denen wir durch die Luft flogen, um uns dann in den weichen Heuhaufen fallen zu lassen. So bekam der Rhöner Robinsonpirat einen Hauch Tarzan ab. Natürlich war *de Eml* nicht Jane, sondern Chita, der Affe.

De Eml war schon immer mein bester Freund, auch wenn er der König im Reich der wortkargen Schwätzer war. Sein Repertoire an Worten besteht im Wesentlichen aus zwei Wörtern: „*Nuja* und *Nujô*"

Nur wer ihn näher kennt, kann an den Klangvariationen seiner Aussprache erkennen, was er mitteilen möchte.

Bis heute verstehen wir uns bestens.

Edersee Memorys

Auch an einer anderen Geschichte möchte ich den Leser gerne teilhaben lassen.

Dazu muss man wissen, unser erstes Auto war ein Ford. Ford Taunus TC Standard L Baujahr 1970.

Feuerrot, 55 PS, runde Scheinwerfer und runder Tacho.

Die einzigen Sicherheitsgurte in diesem Prachtstück waren die Sockenhalter meines Vaters.

Das Hoch- und Runterkurbeln der Fenster war noch echte Männerarbeit und nur mit beiden Händen zu schaffen. Die Sitze waren aus Kunstleder. Schwarzes, nach Kunstleder riechendes Kunstleder. Sie waren so weich wie in der damals bekannten Lenorwerbung. Erinnern sie sich noch an die Waschmittelflasche, die dotterweich in einem Stapel Handtücher landete? Flusch. Ich dachte damals - genau so müssen sich Engel fühlen, wenn sie auf einer Wolke landen.

Dieses Fluschgefühl hatte ich auch in unserem Ford Taunus.

Es war ein Traumauto und ich werde nie vergessen, wie mein Vater erstmals damit vorgefahren ist.

Für Oberniederberg war es ein fast schon religiöses Ereignis. Ein Halleluja lag in der Luft. Alle haben geglotzt, als hätten sie den Allmächtigen persönlich gesehen und der Pfarrer hat sogar extra zu diesem Anlass die Glocken läuten lassen. Mag sein, dass dies ein subjektives Empfinden war, aber mir kam es damals genau so vor.

Es war eine Zeit, als der Diesel noch gesund war und die Oligarchen aussahen wie die Heiligen Drei Könige.

Eines Tages, ich werde es nie vergessen, sprach unser Vater: *„Sô ihr Säu, dé Keng senn geföddôt ... äähh ... ihr Kenge, dé Säu senn geföddôt, dé Köh uff de Weid ... mir mache hütt ä Weltreise ôns Meer."*
Und dieses Ereignis habe ich in meinem Tagebuch festgehalten.

Summô 1970 ... 20. August

Liebes Tachebooch,
Mir hônn hütt mit ônsem nigelnagelneue Ford Taunus
TC Standard L ä Weltreise ôns Meer gemoaicht.

Dôs Meer heißt Edersee.

De Ford hônn mir vürhää tippitoppi geschrubbt.
De feuôrot Lack glänzt bé em Vôddô sie Schur bann 'e se
sonndichs gewichst hôt.

Ôm Amadurebräät - bappt de heilich Christophorus un ôm
Schbéchel häänke dé uisgeblechene, äwwô sälwô geschossene
Plasdikblumme vom Schützefäst 1967.

Öngôm Sitz de Verbandskôsde vo 1950 un dé kabutt
Laandkoart, dé de Oba vom Russlandfeldzuch mitgebroaicht
hôt.

Jedes Joahr werd dé neu gebabbt un beschdett jetzt ze
80 Prozent uis Tesafilm.

—

Anmerkung:
Viele wissen gar nicht mehr ‚was eine Landkarte ist. Bei uns war das ein großes vergilbtes Papier, auf dem Straßen und Ortschaften abgedruckt waren. Das Ding war in komplizierter, an die asiatische Origami erinnernder Falttechnik zusammengelegt. Viele schwere Unfälle passierten damals beim Entfalten der hektargroßen Pläne. Die Handhabung erschloss sich nicht jedem, musste man doch die Himmelsrichtungen kennen und im Arbeiten mit Maßstäben einigermaßen trainiert sein.

Der Zielort lag immer in der abgewetzten Knickfalte, sodass das Reisen und am richtigen Ort Ankommen ein Glücksspiel war.

—

Ich, min Brodô Willi un ônsen Bernhardinô Bello mösse, bé immô, henge setz. Mi Schwääsdô Margret deff net mit, weil se net brôv woar.
Ich hônn em Bello dé Klobabierschnörblskapp uffgesôtzt. Dôs môg dää goarnet.

De Taunus hôt kei Radio, also mösse mir sälwô seng.

Dé Môddô sengt: In Gottes Namen fahren wir.
De Vôddô sengt: Es gibt kein Bier auf Hawaii.
Ich seng: Sersde net dé Säu im Goadde.
De Willi hält sich dé Ohrn zo.

Ich spiel mit´m Bello Wackeldackel.
Vo däm Gewôckl fängt de Bello oh ze Gögge.

Dé Röckbaank ess geschdôppde vohl.

In de Mett min Brodô, ich un Bello, rächts de Gaskocher
und dé Klappschdöhl, lenks ess Döpp mit de Ärwessopp.
Randvohl.
Dé Môddô hat immô Angst, dess mir höngescht verrecke,
bann mir so ä Weltreise mache.

Dé Kasseler Bärche schaffe mir nur mit vill mô ohhalles.

De Ford dampft bé ôns´n ôlle Säufôddôkässl.

Ess ess heiß. Dôs klei, ôns Amadurebräät mondiert Ther-
mometer zeicht 45° C. Min Oarsch bappt uff däm schwoar-
ze Kunstlädo.

De Geruch im Audo ess ä Mischung uis Schweiß, ver-
braande Audoreife, Benzin und 4711 echt köllnisch Wassô.
Dôs ess de Môddô ihr Allzweckwaffe. Dôs un dé Corrodin
Drôbbe. Ohne gett dé net uisem Huis.

In de Neahr voh Fritzlar hôt de Bello in dé Ärwessôpp ge-
kôtzt. Psst. Blitt ônsô Geheimnis. De Geruch im Audo hôt
jetz ä säuerliche Node.

Middôgs woarn mir ändlich ôm Meer.

De Vôddô hôt ôns mit sim neue Polaroidabbarat vür däre grôsse Schdaumauô fôddografiert. Bé immô senn dé Köpp ôbgeschnéde.

Mama hôt dé Sôpp heiß gemoaicht. Ich hônn känn Hôngô.

De Vôodô schütt Wasser in de Taunus un Will Bräu in Koop... 4 Floasche.

„Jông", searde, „uff äm Rôd fährt mô net." Dôdezo raucht hää noch ä Ernte 23.

Heizohs gôbs komischôwieß meh Korve bé hiezohs.

Bé mir dann dehei woarn soog de Vôddô: „Also Môddô, also Môddô ... so ä got Ärwessopp hôst du noch nie gekocht."

Ess woar en schönne Dôg ôm Erdersee.

Am Tatort

Während ich im Archiv meines Kopfes gleich mehrere Gläser eingemachter Erinnerungen öffne, nähern sich Quendolin und Klaus-Dörte dem Tatort. Es herrscht mittlerweile schönstes Herbstwetter und die Sonne scheint aus einem wolkenfreien Himmel.

Schon aus einiger Entfernung können sie beobachten, wie ein völlig fremder, kräftig gebauter Mann mit großer dunkler Sonnenbrille scheinbar intensiv den Ort absucht.

Schon die Polizei hatte erfolglos nach Hinweisen gesucht, aber der Regen der letzten Nacht hatte wohl ganze Arbeit geleistet und die Spuren verwischt.

Quendolin und Klaus-Dörte treten in voller Fahrt mit einigem Abstand auf die Bremse.

Als der Fremde die zwei Asketen mit dem Kontrabass entdeckt, rennt er zu seinem am Wegesrand parkenden Wagen und rast davon. Ist er jetzt über den seltsamen Anblick des Goa-Pärchens erschrocken, oder flieht er aus Angst identifiziert werden zu können, weil er etwas mit dem Tod von Gerd zu tun hat?

„Du Quenni, ich glaub, das war der Mörder", nuschelt Klaus-Dörte. „Klausi, man muss erstma an das Gute im Menschen glauben."

„Das stimmt, Quenni, aber der Mann trug rot karierte Socken in grünen Adidas Schuhen. So was tragen nur Mörder oder Loser."

„Vielleicht hat der einfach nur ne schlimme Kindheit gehabt, Klausi."

„Du hast wie immer recht, Quennilein."

Die beiden beschließen sich darüber keine Gedanken mehr zu machen, radeln zum Tatort und zünden ihre Räucherstäbchen an. Quendolin verrenkt ihre Beine in den Schneidersitz und formt die Hände zu einer aufgehenden Lotusblüte. Klaus-Dörte stimmt sein wuchtiges Instrument und streicht eine tragische Melodie aus Tristan und Isolde.

Héhôckedéboimmôhéhôcke

Ich habe viel zu viele Waffeln gegessen und wegen des süßen Zeugs Durst bekommen. Da ich schon mal in der Nähe vom Oberwirt bin, kehre ich kurz ein.

Héhockedéboimmôhéhocke ... so heißt unser Nachmittagsstammtisch. Hier treffen wir uns ab und zu nachmittags und immer sonntags nach dem Hochamt zu einem kleinen Umtrunk. Entstanden ist die Clique aus dem Club der *Buideonklz*.

Buideonklz sind männliche Dorfsingles, denen die Leitwölfe während der Sturm-und-Drang-Jahre immer die Frauen weggeschnappt haben. Früher bevölkerten sie mit rotkarierten Bettdecken bestückte Dachkammern und wurden am Hof mit durchgefüttert. Auf den Bauernhöfen der Rhön gab es immer viel zu tun und da war so ein lediger Onkel ganz nützlich. Seitdem das Singledasein populärer ist, sind die *Buideonklz* kult und trauen sich, meist in Rudeln, unter die Leute. Auch junge Singles bekennen sich mittlerweile zum *Buideonkltum*, obwohl das Schicksal den ein oder anderen dann doch im Hafen der Ehe untergehen lässt.

Trotz allem kommen auch die Ehemänner noch zu den Treffen beim Oberwirt.

Mitten auf dem runden Tisch baumelt an einer schmiedeeisernen Halterung seit Jahren unser Wimpel mit der gestickten Aufschrift:

Héhôckedéboimmôhéhôcke
Buideonklzclub 2002
Junggeselle und stolz darauf.

Auch heute hocken wieder alle um das verstaubte Fähnchen. *Ess Schnietzé, de Schlehbauesch Steffen, de Katzeschieß, de Bömbels Erich, de Burchvôchts Olli, de Eml, de Bröggeschôsdesch Timo un de Kônsbichs Manfred.* Nur der Platz vom *Häckeschniedô* ist leer. Auch wenn er nie der große Entertainer war und aufgrund seiner Planlosigkeit meist zu spät kam, fehlt er uns.

Auch die rustikal eingerichtete Kneipe, die seit Jahrzehnten keinen Pinsel mehr gesehen hat, wirkt heute irgendwie trostlos. Selbst die vergilbte Ahnengalerie der Fastnachtsprinzen, die mit ihren Portraits die Wände schmücken, sieht heute traurig aus. Niemand wirft Geld in den Flipperautomaten und die Dartpfeile stecken einsam in der Zielscheibe. Mein Blick fällt auf die alten Postkarten über dem Tresen. Eine davon ist vom *Häckeschiedô.* Damals war er mit *em Katzeschieß* auf Helgoland.

Ich pinne die Karte ab und lese:

Hallo Freunde
Viele Grüße aus Helgoland.

Das Wetter ist schön und der Doornkaat schmeckt.

Morgen geht's wieder nachhause.

Euer Gerd.

Wir sind uns alle einig, der Gerd wusste, wie man Karten schreibt.

Wir haben Tränen in den Augen.

„Margot, mach emô ä Runde uff mich."

Margot ist die Wirtin vom Oberwirt. Meist hat sie einen kessen Spruch auf Lager, aber heute bringt sie schweigend die Runde Hochstift zum Stammtisch.

An normalen Tagen ist das grottenschlechte Spiel *von de Erscht* das Thema Nummer eins, doch heute erhitzen der tragische Tod unseres Freundes und die Affäre Lydia die Gemüter.

Alle reden wild durcheinander.

„Dé Verbrächô gehörn uffgehônke ôn de höchst Baum", schreit *de Kônsbich.*

„Nuja", sagt *de Eml* relativierend.

„De Sack ôns Schdohlbei gebônge und dann langsam dé Huit ôbgezoche", überbietet *de Katzeschieß,* ein kleines Männchen, das eigentlich beim Anblick eines einzigen Blutstropfens schon in Ohnmacht fällt.

„Nää, ôn Bulldog geschbannt un durch heiße Scherbe gezoche", ereifert sich dé *Burchvôchts* Olli.

„... un dann ins Drôtzelooch geschmesse", toppt *de Katzeschieß. Er* wird dabei von seiner eigenen Imagination überwältigt und blass im Gesicht.

Sogar die Senioren vom Nachbartisch mischen sich in das Gespräch ein. Normal hört man nur deren lautes schlagen der Skatkarten, aber heute kocht die alte Volksseele.

„Fröhô hätts so äbbes net gegah", krächzt Opa Wingenfeld. *„Dé senn doch üwô dé Liiinie."*

Bei ihm ist eigentlich alles, was nicht zu seiner Weltanschauung passt, über die Linie. Dabei spricht er das Wort Linie aus, als hätte es drei i.

Der zahnlose Opa Willi ergänzt: *„Mir brüschte wier emô scho en klänne Adolf. Scho en gantsch klänne, dô göbsch dé Förtsch net."*

Ich will Opa Willi nicht unterstellen, er sei Anhänger rechten Gedankenguts, aber, obwohl er noch die Wirren des Zweiten Weltkrieges miterlebt hat, hofft er immer noch auf eine Erlöserfigur.

Was die politische Gesinnung seines Sohnes Ewald betrifft, habe ich so meine Zweifel.

Ewald hat gestern schon seine Kartoffeln von mir bekommen, da er heute auf eine Versammlung oder einen Parteitag nach Halle an der Saale fahren wollte.

Der Rasist

Jeder Mensch hat so seine Macken und während ich dieses Buch schreibe, stelle ich fest, in Oberniederberg gibt es einige Mackenhaber.

Der Eine liest gern, der Andere liebt gute Musik und der Dritte hat Freude daran auf Reisen zu gehen.

Und dann gibt es Menschen, die sich nur zuhause wohl fühlen.

Ewald Habernoll ist so einer. „My home is my Trutzburg." Jede freie Minute steckt er in den Erhalt seines Domizils. Die Einrichtung seines Hauses ist sehr speziell. Die Möblierung ist ein Albtraum aus Resopal in Eicheoptik und das Treppenhaus ist bis auf den letzten Millimeter mit Hirschgeweihen und ausgestopftem Getier gespickt. Beim Anblick dieser Tierleichenteile bin ich froh, dass dies kein Harry Potter Treppenhaus ist. Man stelle sich vor, all die Viecher würden anfangen zu röhren, bellen, schnattern oder pfeifen.

„Hôst du dé ôll sälwô geschôsse?"

„Beinoahr. Ä boar hônn ich au geerbt, min Vôddô woar Jägô, weißde. Dää Waschbär hônn ich bei ebay gekauft. De Rest - kabumm - hônn ich sälwô zur Strecke gebroaicht."

Nachdem sein Vater, der im Dorf von jedem Opa Willi genannt wird, Haus und Grundstück auf seinen Sohn überschrieben hatte, musste er in die kleine Wohnung über der Garage umziehen.

Opa Willi liebte besonders seinen Garten. Eine bunte Augenweide mit Blumen, Sträuchern und Obstbäumen, eingerahmt von einer großen Kirschlorbeerhecke und vielen internationalen Gewächsen. Doch mit der feindlichen Übernahme durch seinen Sohn änderte sich die Botanik schlagartig.

Er ließ damals im Jahr 2014 die deutschen Bagger anrollen und machte der bunten Vielfalt rigoros den Garaus. Alle Pflanzen wurden niedergemetzelt und unter frischer Muttererde begraben. Danach machte die schwere Gartenwalze alles platt und der ehemals naturgewachsene Garten wurde mit der Schlauchwaage nach allen Himmelsrichtungen ausgewogen. Wie ein Besessener säte Ewald den Rasen und beobachtete von seinem höher gelegenen Ansitz mit dem Feldstecher, wie sich das einheitliche Grün Schritt für Schritt den Garten untertan machte. Von Tag zu Tag wurde er immer mehr zum Rasenfetischisten. Ein Rasist.

Das Saatgut war natürlich reinrassiges deutsches Weidelgras. Gelegentlich aufkeimendes Unkraut wurde rücksichtslos ausgestochen.

Jeden Sommer, wenn die kleinen feindlichen Fallschirme des nachbarschaftlichen Löwenzahns in seinem Reich landeten, ging er mit dem Kärcher Staubsauger darüber hinweg, so dass die fremden Parasiten keine Wurzeln in seinem Territorium schlagen konnten.

Ein Maulwurf, der sich aus Unwissenheit in sein Areal verirrt hatte, wurde standrechtlich erschossen und zu den anderen Tierpräparaten ins Treppenhaus platziert.

Unerbittlich zog ein automatischer Rasenmäher seine Runden und stutzte die kleinen wehrlosen Halme, die wie Bleisoldaten in Reih und Glied in der Heimaterde standen, mit stahlharter Kante auf Normgröße.

Er sorgte nicht nur für den exakten Schnitt, auch jeder Vogelschiss wurde sofort pulverisiert.

An den Ecken des Anwesens standen Schilder: Betreten des Rasens verboten. Eltern haften für ihre Kinder.

Die Grenzen wurden mit Granitgabionen gesichert, deren metertiefe Fundamente ein Eindringen fremder Wurzeln unmöglich machten. Es traute sich auch kein deutscher Weidelgrashalm hinüber.

Einmal im Monat fand ein Rasistentreffen auf Ewalds Terrasse statt. Alle Gleichgesinnten bewunderten das unbefleckte Grün des deutschen Rasens und fanden, dies sei doch eine schöne Alternative zu dem bunten Chaos, das sich in Deutschlands Vorgärten breitmache.

So ging das einige Jahre und wenn es nach der Doktrin von Ewald und seinen Gesinnungsgenossen gegangen wäre, könnte das in 1000 Jahren noch so sein.

Doch dann kam der Sommer 2018. Der Regen blieb über Monate aus und die Hitze war kaum zu ertragen.

„Ôm Klimawandel leit dôs net", sagte er damals. „Dôs senn doch nur Hirngespinste von so ä boar Verrückte. Ônsô beschesse Regierung hôt Schôld ôn däm Schlamassel. Dé sônn dé Sonn in Afrika lôss, bo se hiegehört."

Doch der Einheitsrasen trocknete immer mehr aus.

Gegen Ende August war aus dem saftigen Grün ein dreckiges Braun geworden. Verbrannte Erde, soweit das Auge reichte.

Und wenn die braune Masse erst einmal da ist, ist alles zu spät.

„Hätt ich doch wenichsdens ä boar vo däne japanische Kerschebeim schdenne gelôsse odô dää grôss Bambus, dé hädde wenichsdens ä bessé Schôddm geworfe", mag er sich wohl gedacht haben. Doch öffentlich würde er das nie zugeben.

Gestern habe ich ihn darauf angesprochen und gefragt, wie das passieren konnte.

„Ich hônn kei Ahnung un au von nüscht äbbes gewôsst."

Aber jetzt ist es zu spät.

Schnietzé bôs ess los

Die niveauvollen Gespräche an unserem Stammtisch gehen munter weiter, bis folgender Satz die Runde verstummen lässt.

„Bann dé wällich dôs rot Böchelé gefônge hônn, dann got Noaicht Pédeschbärch." Erich, sonst das Großmaul vor dem Herrn, wird ganz kleinlaut bei dieser unerwarteten Aussage.

Seine Frau weiß natürlich nicht, dass er auch schon mal die ortsnahe Entleerung aufgestauter körpereigener Flüssigkeiten durch professionelles Personal bei Lydia in Anspruch genommen hat. Auch für die Anwesenden ist das ein überraschend offenes Coming-out. Manche teilen wohl diese Panik, denn erst nach einer minutenlangen fast unerträglichen Stille kommt das Gespräch, wesentlich sachlicher, wieder in Gang. Es setzt ein Murmeln und Brabbeln ein. Nur einer schweigt die ganze Zeit schon.

Kein Wort kommt über seine Lippen und sein Blick geht ins Leere.

„Schnietzé, bôs ess los? Du searst jô goarnüscht", spreche ich den Schweigenden an.

Ess Schnietzé ist der Womanizer von Oberniederberg und ein Sonnenschein, der sonst nur gute Laune verbreitet.

Als jüngstes Mitglied in unserem *Buideonklzclub* ist er wohl einer der wenigen, die eine echte Chance haben ihn bald wieder durch Heirat zu verlassen.

„Geht schon", antwortet er unglaubwürdig. „Ich hab nur *ä bissi Kopweh*. War spät gestern."

„*Nujô*", tröstet ihn *de Eml* mitleidig.

Vom Nachbartisch höre ich noch ein: „*Ôll senn se üwô dé Liiinie*", als plötzlich die Kneipentür auffliegt. Vier bewaffnete Polizisten stürmen herein, angeführt von Kommissar Maddes. Pardon, Förster.

„Herr Robert Schneider?" ruft er in den Kneipenraum.

Alle schauen sich verwundert an. Wer zum Teufel ist Robert Schneider? Schließlich fällt uns ein, dass *ess Schnietzé* mit richtigem Namen so heißt.

„Ja?", antwortet er mit verwirrter Stimme.

„Sie sind verhaftet."

„Wie bitte? Was? Wieso?"

„Ihnen wird zur Last gelegt, Sie hätten den *Häckeschnie* … ich mein Herrn Gerd Förster in der vergangenen Nacht *ömgebroaicht*."

„Moment? *Maddes*, spinnst du?"

„Herr Schneider, ich darf Sie darauf hinweisen, dass ich im Dienst bin. Bei einer Hausdurchsuchung wurde ein blutiges Taschentuch bei Ihnen gefunden. Es ist davon auszugehen, dass es das Blut von Gerd Förster ist. Abführen!"

„Aber ihr könnt doch *net* … *Maddes*, lass doch den Scheiß …"

Ess Schnietzé wehrt sich, aber die Polizisten schnappen sich den Verdächtigen und führen ihn in Handschellen ab.

Entsetzt schauen wir uns an und können es nicht fassen.

Jedem ist der Durst vergangen und die Runde löst sich schnell auf.

Während ich meinen Deckel bezahle, bekomme ich noch ein typisches Theken-Parallelgespräch zwischen *em Schlehbauesch Steffen* und *em Bruchvôchts Olli* mit.

Anmerkung:

Theken-Parallelgespräche sind im Prinzip gleichzeitig stattfindende Monologe, die sich ab und zu wie Kometen im Weltall tangieren und dadurch in eine ganz andere Richtung gelenkt werden.

—

Vertrauenssache

Olli starrt in sein Bierglas und Steffens Blick geht in die Ferne.

Olli:
Ich kônns net geglei. Ess Schnietzé?
Steffen:
Ich au net. Mir hônn doch zesômme geddaanzt bei de Övôniddebärchô Plattföss.
Olli:
Un mir hôt dää ess Audo rebariert. Dää schafft doch in de Ôbbl …
Steffen:
Kännste jô, odô?
Olli:
Kloar, ich senn schu lang Kunde bei de Ôbbl.
Steffen:
Dé Övôniddebärchô Plattföss? Dé Männôtanzgarde vom Karnevalsverein „Schluck auf".
Olli:
… Ôbbl-Schmidt.
Steffen:
De Jông vom ôlle Schmidt daanzt jô au bei ôns mit. Dä hôt doch vürches Joahr dé Haremsdame mösst mach. Dôs

woar ä klasse Show. Ess Schnietze woar de Ölscheich. Thema
woar „von Medina nach Mekka".

Olli:

Min Mokka hôt au Öl verlorn, dô woar irchend en
Schlauch …

Steffen:

Jô, dôs schlaucht, so en Daanz, dôs soarn ich dir. Weißt
du bé lang mir dôdefür geprobt hônn? Ess ganz Joahr.

Olli:

Dôs woar en Jahreswagen. Hônn ich günsdich kreicht.

Steffen:

Vo wääche günsdich. Dé woran deuô dé Kosdüme.

Olli:

18 000 Moark Euro hônn ich gelatzt.

Steffen:

Ohne Latz,

Olli:

Hä?

Steffen:

dôs woarn so Kaftane. Mir woarn doch verkleidt, so bé
se dort in de Wüste römdabbe un hônn dann, weißde, so
Klettverschlüss … ratsch … un dann kom so ä utz utz Mus-
sik uis Bollywood.

Olli:

Inne drin …

Steffen:

Nää Indien…

Olli:

Ich mein, inne drin ess dää Mokka subbô …

Steffen:

Subbô woar dôs.

Olli:

... äwwô min ôlle B Kadett vermiss ich schu. Dôs woar ä Audo, dô kônne dé Annôre nur verlier.

Steffen:

Verlier? Beim Schôbbegehôbbe in Eichezäll, hônn mir de meist Applaus kreicht. Dé hônn uff de Düsch geschdanne. Dô géng`s hää! Dé Lüüt hônn gesôffe.

Olli:

Min B Kadett hat au en mords Dorscht.

Dô woar dé Ieschprötzbômb kabutt.

Steffen:

Däm Schnietzé sie Ieschprötzbômb ess net kabutt. Ich hônn en gesear, vür ä boar Joahr hengôm Zelt beim Runkelfäst mit dem Häckeschniedô sinnô Mechthild.

Olli:

... un dé Schdoßschdang woar verbooche.

Steffen:

So genau hônn ich net geguckt.

Olli:

Ich sôg dir jetz emô äbbes im Vertraue, äwwô von mir hôsde dôs net. Dé Zwää hadde emô äbbes mit enannô. Ess Schnietzé hôt´s sälwô em Hengômöllesch Erwin ohvertraut.

Steffen:

De Erwin hôt mir dômôls min B Kadett ôbgekauft.

Olli:

So hôt mirsch jedenfalls de Reitheinisch Peter gesoart un

dää hôts vom Äbblkickesch Hans, dôs ess en Ärwettskollech vom Schnietzé sinne Schwäsdô.

Steffen:

Dôs woar en Fehlô.

Olli:

Ich weiß. Äwwô - pssst.

Steffen:

Nüscht pssst, ich hätt dää söllt behall.

Olli:

Ich hônn nüscht gesoart, nett dess heißt ich hätt hé Geheimnisse verrôde.

Steffen:

Kei Problem. Autofahren ist Vertrauenssache.

Der Rhöner Da-Vinci-Mord

Das alles ist jetzt fünf Wochen her.

In dieser Zeit war einiges los bei uns im Dorf. Zwei Tage nach dem Auffinden der Leiche hatte die Presse von den Vorgängen in Oberniederberg Wind bekommen. Im Nu fielen Heerscharen von Journalisten wie Heuschrecken über uns her und versuchten mehr über die Umstände der Tat herauszubekommen. Aber da bissen die Reporter bei der wortkargen Dorfbevölkerung gewaltig auf Granit.

Die Marias: *„Mirrr wisse nix"*

De Eml: *„Nuja"*

Opa Wingenfeld: *„Dôs woar doch üwô dé Liiinie"*

und Tante Adele: „Hä-ä".

Nur meine hochmissachtete Frau Nachbarin, Prozess-Anna, wetzte ihren Schnabel und fand dankbare Abnehmer für ihre abstrusen Theorien. Besonders ausgiebig schilderte sie die Art, wie *de Häckeschniedô* auf dem Strohballen aufgebahrt war. Endlich hatten die Schreiberlinge einen Aufhänger und so wurde „der Rhöner Da-Vinci-Mord" zur fett gedruckten Schlagzeile in der Bildzeitung.

Von da an gab es kein Halten mehr. Gleich mehrere Fernsehsender witterten einen Knaller für ihre Pseudo-Journale. Das sind die Sendungen, in denen die Nachrichten mit Musik unterlegt sind, die Ansagerinnen ein aufgesetztes Betroffenheitsgesicht machen und die Berichte von Granufink Werbung unterbrochen werden.

Auch bei mir auf dem Hof waren Leute mit Livekameras und Übertragungswagen. Überall schnüffelten sie herum und versuchten sogar den Riegel des Scheunentores zu öffnen.

Ich kam gerade mit der Gabel in der Hand vom ausmisten des Schweinestalls und konnte mich den Eindringlingen in den Weg stellen.

„Bôs gitt´n dôs hé? Ich glei euch hôtts ewenk in dé Kengsscheeß gefrorn. Macht euch ab, sonst joarn ich euch, dess ihr Schur un Schtrömp verliert."

Die Fernsehleute sahen sich fragend an und dachten sich wohl: „Was will der böse Onkel von uns?" Da sie kein Wort verstanden hatten, blieben sie regungslos stehen.

„Sorry, können sie translaten?"

„Sorry – wellsde eins uff dé Fratz hô?"

Das Team wich ein paar Schritte zurück. Meine Geste mit der schlagbereiten Hand war wohl angekommen.

„Nichts für ungut, aber wir interessieren uns für die Hintergründe des Da-Vinci-Mordes und Ihre Nachbarin sagte uns, Sie waren Zeuge."

„Da-Vinci-Mord, bann ich dää Schissdrääk schu hörn. So en hirnverbaande Rôtz. Bôs dôs ôll Blähruhr dô düwe seart ess doch Schissamonni. Dää Schörchhôgge ess doch dodal matzich im Koop. Bo annôre Lüüt Gehern hônn, hôtt dé Gaal Brôh."

Der Reporter drehte sich zur Kamera: „Meine Damen und Herren, wir können nicht mit letzter Gewissheit sagen, was dieser Bauer uns mitteilen möchte, aber offensichtlich gibt es hier im Dorf Spannungen unter den Nachbarn."

„Spannungen? Dôs ôll Räävt gehört emô ordentlich mit Scherbe uisgeschböhlt. Üwôôll môss dé ihrn Säuseich dezdoh gah."

„Es tut mir leid, aber ich verstehe …"

„Jetz trôggt mich emô Hôggl un macht dé Hufoarsch. Ich hônn noch ze dônn, de Trump ess ranzich."

„Ähh. Trump? Wie jetzt?"

„Dôs verschdesst du sobeso net."

„Hier erfahren wir offensichtlich auch nichts, liebe Zuschauer. Die Rhöner wirken jedenfalls alle leicht verwirrt und gereizt", sagte der Sprecher in die ständig laufende Kamera.

„Herr Hafersack …"

„Habersack mit B, net mit S, du Dämelack!"

„Herr Habersack. Haben Sie denn eine Theorie über diese schreckliche Bluttat? Die Polizei hat ja wohl noch keinen Verdacht, geschweige denn eine Spur."

„Källe, källe, källe, Himmelherrschockkrützgewiddôundéholzaxt, ihr gett mir uff de Sackkoarrn."

Ich musste mir eine Strategie überlegen, wie ich die Bagage wieder los werde. Plötzlich schoss mir ein Gedanke durch den Kopf. Mein Opa hatte ja seinerzeit nach den Fastnachtsumzügen die täuschend echt wirkenden Fabelwesen-Kostüme hier aufgehangen, um Landstreicher abzuschrecken.

„*Wollt eu dôs wällich wess?*"

„Wie bitte?"

„*Wollt eu das wirklich gewiss?*"

„Gewiss?"

„*Jô, gewiss.*"

„Ja, gewiss wollen wir das *gewiss*", antwortete der Reporter und hatte diesen Jetzthabichdich-Blick.

„*Nô, dann kommt emô rie in dé Schörn.*"

Das Team folgte mir und ich schloss hinter uns das Tor.

Es war düster und die Augen gewöhnten sich nur langsam an das spärliche Licht. Ich holte die große Taschenlampe, die für Notfälle immer in einem Mauerspalt neben der Stalltüre steht. Damit leuchtete ich mir von unten ins Gesicht, um gruselig auszusehen, und gab eine bühnenreife Show, bei der selbst *ess Pösdesch Marieche* Gänsehaut bekommen hätte.

Anmerkung:

Ich bedauere es in diesem Moment sehr, dass es keine Riechbücher gibt. Denn die Geruchsmelange aus Schweinestall, Heustaub und frisch gestochenem Silo, die einer untrainierten Nase schlicht den Atem raubt, würde dieser Stelle in der Geschichte den letzten Pfiff geben. Vielleicht kann man ja dem Buch so etwas Ähnliches wie ein Duftbäumchen beilegen. Das sind diese in Folie verpackten chemischen Keulen, mit denen man sein Auto parfümieren kann.

Meine Vorschläge wären die Duftnoten »Fresh Silo«, »Eu de *Drôtze*« oder »Summer Misthaufen«.

„*Ihr hôtt doch bestimmt schu emô vom Wolpertinger uis Bayern gehôrt.*"

„Sie meinen diese Hasen mit Geweih?"

„*Genau. Bôs ich euch jetz zeich, hôt uisô minnô Familie noch kei Sau, ähh, niemand gesehen. In de Rhö hônn mir nämlich au so Gedierzô un ihr seid dé Erschde, däne ich dôs verzehl.*"

Fasziniert lauschten sie meinen Ausführungen.

„*Ess foong dôdemit oh, dess ich in däre Tatnacht de Uhheufel hônn hühr rôff.*" Ich richtete den Lichtkegel oben ins Gebälk. Dort hatte Opa ein mannshohes Vogelkostüm drapiert. Beim Blick in die immer noch funkelnden Augen zuckten die Fernsehleute zusammen.

„*Dôs ess enn nahe Verwandte vom normale Uhu, däm nôch em Fluch Deifelshörnô gewoasse senn. Es heißt, wenn du den Schrei des Uhheufels hörst iss de Dod net wiet. Es lätzt mô bo dää gerösche hôtt woar ôm Dôg bevür min Oba vom Gerüst gefalle ess.*"

Dann wanderte ich mit dem Licht etwas nach unten auf den Heuboden. „*Bôs eu hé sert ess ä ganz selten Exemplar vom Dappschôf. Dôs Dappschôf ess en Mutant vom Rhönschaf. Min Oba hôt dôs hé in de Walpurgisnacht 1957 in de Hessenliede geschôsse. Ess Dappschôf hôt die gleiche Reaktione bé dôs Rhinozeros. Bann mô noaichts uff em freie Fäld ä Feuô macht, kömmt ess Dappschôf bé uisem Nüscht ohgerônn, dappt ess Feuô uis un – dappdappdapp - fort ess.*"

Dann lenkte ich die Blicke nach unten in die Nische mit

dem Holzvorrat zu zwei weiteren Schimären. Beides Mischungen aus Schwein und Katze.

„Deff ich vürschdäll - Schnurrbézel und Drääkbook, dôs senn zwää endemische Geschöpfe dé in de Gruwe Gröbe bei Eckwissbich dehei woarn.
Dé Viechô senn sozesoarn Vorboten der Schwangerschaft, also die Klapperstörche der Rhön. Bann mô en Schnurrbézel im Unterholz sert und in dääre Noaicht iesübôt, also Sex hôt, werds garandiert ä Mäje, beim Drääkbook en Jông. Soll ich widdescht schwatz?"

Sichtlich beeindruckt flüsterte der Reporter in die Kamera: „Meine Damen und Herren, es ist unglaublich, was wir hier sehen und hören. Wenn ich auch nicht jedes Wort verstehe, so werden wir hier doch Zeuge sensationeller Funde."

Dann zeigte ich dem Team Opas Meisterwerk. Ein Vogelwesen von drei Metern Spannbreite und einem mächtigen, mit spitzen Zähnen ausgestatteten Schnabel.

„Dôs ess de Breitschnôbl-Weggehaals. Dôs ess ä Mischung uis Krack un Bulle. Eins vo de gefährlichsde Raubdiere vo de ganze Wält. Dôs Exemplar hôtt de Opa uff Maria Lichtmess 1956 ôn de Bubenbader Schdei geschôsse. Mir doaichde immô de Weggehaals wär dôdemit uisgeschdorwe, äwwô im lätzde Wéndô senn eindeudiche Weggehaals Spure ôm Schdällbärch bei de Fohleweid geseahr worn. Dôs Ungeheuô ernährt sich vo jônge Pötschedäbbô, Grôsrötschô, frôsch geschlüpfde Schdoarnsdütze, Dachhôse un Grôwegöggô, dôs

senn klänne schwanzlose Radde, dé im Schtrôssegrôwe huise
und wärend de Baalzziet rülpsähnliche Geräusche mache.
Bés heißt hölt sich de Breitschnôbl-Weggehaals au ab un zu
Mänsche. Dann risst dää däne bei lawändichem Leib dé Ge-
därm uisem Wanzt. Mi Theorie ess also, dess de Gerd Opfer
vom Breitschnôbbel-Weggehaals geworn ess."

Wie es der Zufall wollte, raschelte es plötzlich oben im
Stroh. Ich wusste natürlich, dass die Hühner ab und zu
dort oben ihre Eier legen, behielt diese Information allerdings für mich.

Das Team zuckte zusammen. „Oh Gott, was war das?",
fragte der Reporter ängstlich.

„Oh je, mir mösse uffbass, dô owe im Hei niste siet ä boar
Woche welle Nackenhörnchen."

„Na … Na … Na … Nackenhörnchen?"

„Ja. So äbbes ähnliches bé Iltisse. Ganz gefährlich. Du dä-
änkst ôn nüscht böses un zack schprenge dé dich oh un bisse
dich in dé Aank … also in den Nacken. Dää Biss ess gifdich,
dôs üwôlaast du net. So, jetz kömmst du!"

„Ich bin… also wir sind… was soll ich sagen… hm
…" Gab der Sprecher am Anfang noch den überlegenen
Starreporter, wurde es ihm jetzt ganz mulmig. Ich bin mir
nicht sicher, ob es wegen Opas Fabeltieren war oder ob
er mich für einen geistesgestörten Dorfdeppen hielt. Das
war mir in dem Moment auch völlig egal. Überfordert
von der Frage – Verarsche oder Entdeckung des Rhöner
Yetis – sprach er mit ängstlicher Stimme in die Kamera:
„Leider ist unsere Sendezeit nun um. Ich gebe zurück in

die Sendezentrale. Auf Wiedersehen, Ihr Thomas Gott-
marker."

*„Eu Lüüt, macht euch fort, weil ich môss jetz noch dé
freilaufende Dilldabbe föddô."*

Fluchtartig verließen sie meinen Hof.

Die war ich los.

Obwohl sie schon bald siebzig Jahre alt sind, bewegen
Opas Figuren selbst die abgebrühtesten Fernsehmacher.

Vielleicht sollten wir den Traditionskarneval mit den
Rhöner Krampussen wieder aufleben lassen. Das hätte
was und würde dem nachgemachten Rheinischen Karne-
val etwas Eigenes entgegensetzen. Aber auf mich hört ja
keiner.

„Jetz kömmst du!"

Die Kunst der Grabrede

Die Beerdigung unseres Freundes neigt sich allmählich dem Ende zu.

„Jeder, der dem Verstorbenen nahe stand, ist zum Tröster im Saal zum Oberwirt eingeladen", verkündet der Pfarrer im Namen der Familie des Toten.

„Ich hatt` einen Kameraden", spielt der Musikverein Harmonie. Besonders die jammernden Flügelhörner und die völlige Halbtondemenz im Klarinettenregister geben der Szenerie eine deprimierende Note.

Eine Besserung der Stimmung ist auch nicht zu erwarten, denn in seiner Funktion als Ortsbrandmeister ergreift *Maddes* Förster das Wort. Alle rechnen fest mit einer rhetorisch völlig misslingenden Rede. Die Blicke der Gemeinde gehen geschlossen nach unten. Was wird er wohl heute wieder raushauen? Und er enttäuscht uns nicht.

„Lieber Gerd, liebe trauernde Anwesende, liebe Familie. In der Bibel steht geschrieben: Das Leben währet 70 Jahr, wenn *mô* Glück hat 80. Lieber Gerd, nicht einmal das hast du geschafft. Wir danken dir für all das, was du der freiwilligen Feuerwehr Oberniederberg e.V. angetan hast. Du hast lange Jahre als drittklassiger … ", er blickt verstört auf seinen kleinen, mit Tinte geschriebenen Spickzettel, „ich

mein – dritter, als dritter Kassierer alles im Auge gehabt."
Jeder der Anwesenden denkt sofort an den schielenden
Gerd. Ein leicht empörtes Murmeln geht durch die Menge.
„Im Griff … meine ich, im Griff gehabt", schießt er schnell
nach. „Naja, du hast ja auch auf der Raiffeisen geschafft.
Seitdem hat der Verein ein gesundes Bein. Jetzt bist du von
uns gegangen … worden. Das ist schlimm, aber was *willsde*
machen. Wir denken auch an deine junge hübsche Frau,
die dir viele Jahre treu die Stange gehalten hat. Wir, deine Kameraden von der Feuerwehr, werden uns in Zukunft
gern um sie kümmern. Ich rufe dir zu – Bleib wie du bist,
halt die Ohren steif … äääh … naja, das machst du ja so-
wieso, also ich mein, du kannst ja nicht …, wie solltest du
auch …äääh … also …" Maddes´ Gesicht wird mit jedem
Wort blasser und der Mund schmallippig. Seine Zunge be-
wegt sich wie ein trockener Stock. Letztendlich findet er
doch noch den Ausgang aus dem Verballabyrinth: „Bis auf
ein baldiges Wiedersehen im Himmel. Als äußeres Zeichen
lege ich diesen Kranz, gesponsert von der Firma Rosen-
Schädel, nieder. Bleib schön gesund."

Er legt mit einem kurzen Kopfnicken den Kranz nieder,
während Gabriel Förster die Vereinsfahne senkt. Klaus
und Alfred Förster, die Adjutanten des Fahnenkomitees,
nehmen für einen Moment die silberglänzenden Stahlhel-
me ab.

Danach geht ein kurzes Aufatmen durch die Menge. Alle
schauen sich wortlos an und schnaufen kurz durch.

Die Entspannung hält jedoch nicht lange an, denn die

„Bruderliebe Oberniederberg" stimmt das Schifferlied an. Das Meer löscht heute besonders dramatisch die Sonne aus.

Die Menge befürchtet das Schlimmste, als Winfried Schlehbauer, der Vorsitzende des Sportvereins, auch eine Zierde seiner Zunft, zum Grab schreitet.

Gerd hatte für ein paar Wochen den Posten des Platzwartes inne. Jeder warnte damals: *„Winfried, dôs gett in dé Hos."* Natürlich hat Gerd sein Bestes gegeben und es gut gemeint, aber auch hier blieb er seiner Orientierungslosigkeit treu. Dank ihm war Oberniederberg für kurze Zeit bekannt für den weltweit einzigen Sportplatz mit einem viereckigen Mittelfeld.

„Liebe trauernde Gemeinde, ich mache es kurz. Gerd, du wirst uns fehlen."

„Schöh hôdde geschwatzt de Schlehbauô", sagt Opa Wingenfeld.

„Jô, un so persönlich. Hä-ä", antwortet meine neben ihm stehende Tante Adele und wischt sich ein paar Tränen aus dem Gesicht.

„De Maddes woar üwo dé Liiinie."

Nachdem auch die Blumenschale der Raiffeisenbank mit einer weiteren niederschmetternden Rede gelegt ist, lockert sich die Spannung etwas auf und viele folgen dem Aufruf des Pfarrers, den Tröster beim Oberwirt zu besuchen.

Grillo

Ich laufe mit Gabriel Förster und seinen Fahnenhiwis vom Friedhof in Richtung Gastwirtschaft.

Gabriel wird von vielen als der kommende Mann der hiesigen Feuerwehr gehandelt. Selbst *Maddes* ist begeistert von ihm und baut ihn als seinen Nachfolger auf.

Er wohnt in der „Bürgermeister-Förster-Straße", welche bei uns nur „Die Siedlung" genannt wird. Im Jahre 1985 wurde das Gelände als Neubaugebiet ausgeschrieben. Seitdem entstanden hier ganze zwei Häuser.

Eins davon gehört den Försters. Den Gabriel Försters, um genau zu sein. Das hypermoderne Pultdachhaus ist eine blitzsaubere Schwäbisch-Hall-Idylle und passt so gar nicht zu den Fachwerk- und Eternitfassaden Oberniederbergs, aber Gabriel, der als Bauingenieur in Hanau arbeitet, hat sich hier seinen Traum vom eigenen Nest erfüllt.

Seine Frau Lisa ist der Halbtagsmännertraum im Geschäft *vom Bömbels Erich*. Traumfigur, langes, schwarzes, zum Zopf geflochtenes Haar und immer ein Lächeln auf den Lippen. Auch die beiden Kinder Janina und Jenny sind gut geraten. Beide besuchen das Gymnasium in Fulda und sind in ihrer Freizeit unersetzbare Stützen der Tanzgarde, des Karnevalsvereins „Schluck auf Oberniederberg".

Im Dorf wird Gabriel nur Grillo genannt. Den Spitznamen verdankt er seiner Leidenschaft für verbranntes Fleisch. Wo andere Männer Eier haben, hat Grillo Holzkohle.

Hinter seinem Haus öffnet sich ein unverbaubarer weiter Blick ins Fuldaer Land. An manchen Tagen, wenn der Himmel besonders klar ist, kann man sogar den Monte Kali in Neuhof von seiner Terrasse aus sehen. Hier hat er sich einen weiteren Traum erfüllt. Eine halbrunde, mit Bruchsteinen gemauerte Grotte, die von der Bad Hersfelder Stiftsruine inspiriert ist und eine nach vorne offene First-Class-Outdoorküche beherbergt. In den letzten Jahren ist ja das Grillen immer populärer geworden. Man kann fast sagen, es herrscht ein unerklärter Kriegszustand unter den Nachbarn und jedes Jahr wird mit schwerem Gerät aufgerüstet. Waren es früher die Mantas, BMW´s und Porsches, dienen heute die Grills als Ausgleich der schwächelnden männlichen Potenz.

Ich gebe zu, ich esse gern Gegrilltes, aber das Grillen selbst liegt mir überhaupt nicht und das hat Familientradition. Unser erster Grill zuhause war eine absolut wacklige, dreibeinige Blechwanne, die jedes Jahr geschweißt werden musste, aber trotzdem meist unter der Last der Würstchen zusammengebrochen ist. Bei uns war Gegrilltes, das nicht nur aussah wie die Kohle, sondern auch so schmeckte, der Normalzustand.

Vor Grillo verneigen sich alle Nachbarn in Demut, denn in seinem Altarschiff steht **ER**, der Mercedes unter Seinesgleichen, häuserblockgroß und aus massivem Edelstahl geschmiedet: der Napoleon Gasgrill Prestige PRO 825. Dessen Metallfronten reflektieren das Licht der untergehenden Sonne so stark, dass halb Oberniederberg in der Dämmerung keine Lampen einschalten muss. Daneben, quasi im Seitenschiff, steht der Landmann-Smoker Tennessee 400. Das mit Kohlen betriebene schwarze Stahlungetüm sieht aus wie eine überdimensionale Märklineisenbahn und verursacht so viel Feinstaub wie der Feierabendverkehr auf der Hanauer Landstraße in Frankfurt während eines normalen Werktages.

An diesen Geräten dampft, gart, brutzelt und grillt Grillo alles, was nicht bei drei auf den Bäumen ist, und hütet für seinen Schatz das Feuer.

Er verfügt nicht nur über eine stattliche Anzahl diverser Grillzangen und Grill-Zusatzgeräte, auch seine Grillschürzensammlung ist umfangreich. Darauf stehen Sprüche wie: „Rhöner Seriengriller", oder - „*De bäst Salôt ess immô noch dé Brôtschwôrscht*", oder, in Ableitung des Spruchs „Ich bremse auch für Tiere" - „Ich grille auch für Vegetarier", oder einfach nur „DURCH".

Ich habe mich lange gefragt, warum wir Männer gerne grillen. Sonst meiden die meisten unserer Gattung die Küche wie der Teufel das Weihwasser, aber lodert irgendwo ein Grillfeuer, sind wir nicht zu bremsen. Da muss in grauer Vorzeit irgendetwas passiert sein, das aus dem Mann einen Brutzler gemacht hat.

Ich habe da eine Theorie.

—

Stellt euch vor: Steinzeit am 27. Juli. In einer geräumigen Zweizimmerhöhle irgendwo im Neandertal, also zwischen Düsseldorf und Mettmann, spielen sich dramatische Szenen ab.

Ugga, der Sohn des Agga, wird von seinem Vater nach einer heftigen Auseinandersetzung rausgeschmissen.

„Habba solo Mabbawumbu", ruft ihm das wütende Sippenoberhaupt nach, was so viel bedeutet wie: „Du fauler Sack hast uns jetzt lange genug auf der Säbelzahntigertasche gelegen, gehe hinaus in die Welt, werde ein Mann und such dir ein Weib."

Der Einwand, er sei noch nicht soweit und wolle eigentlich erst den Mammutführerschein machen, nützte Ugga, dem Sohn des Agga, gar nichts. Denn Agga, der Sohn des Mogga, kennt keine Gnade.

Nach einem kräftigen Schlag mit der Pompfe auf den kantigen Schädel des Jugendlichen zieht Ugga, der Sohn des Agga, welcher der Sohn des Mogga ist, betrübt von dannen. Nach mehreren Tagesmärschen lässt er sich erschöpft am Flussufer der Mümling, einem Seitenarm des Rheins, nieder. Er macht ein Feuer und zupft sich die Läuse aus dem üppigen Brusthaar und dem dicht bewaldeten Schopf. Im angehenden Paläolithikum sind Läuse nicht so mickrig wie heute, sondern groß wie Hamster. Jedes Mal, wenn er in seinem Kopfdschungel eine gefangen hat, wirft er sie in die Glut. Das Ploppen der aufplatzenden Kopfschmarotzer bereitet ihm Freude und wenn er lacht, zeigt sich die ganze Pracht seiner noch vollständigen, gelbschwarzen Gebisskeramik.

Vom angenehmen Duft der verschmorten Viecher angelockt, gesellen sich in der Mittagszeit Muffa, Keulex und Steini zu ihm. Auch sie sind junge Männer auf der Suche nach paarungswilliger Beweibung. Ohne dass sie es ahnen können, gründen sie damit die erste Selbsthilfegruppe der noch jungen Welt. Sie haben großen Spaß am Verbrennen von Getier, starren stundenlang in die Glut und knabbern rohes Wollnashorn, das sie kurz vorher mit ihren Steinäxten erlegt haben.

Am dritten Tag nähert sich eine Gruppe Mabbawumbus den grunzend lachenden Urzeitmännern. Amüsiert vom Ploppen im Feuer und angetan vom unbekannten Duft verbrannten Fleisches, deuten sie mit ihren behaarten Armen an sich ebenfalls der Gruppe um Ugga, dem Sohn des Agga, anzuschließen.

„Hä?", dröhnt es irritiert aus den kantigen Schädeln der Junggesellen. Ein Wort, welches in der Urzeit die gleiche Bedeutung hat wie heute. Beinhaltet es doch die Frage: „Was ist das, das verstehe ich nicht?" Als die jungen Girls auch noch beginnen das gebratene Geziefer aus der Glut zu fischen und in den riesigen Mund zu stecken, werden die damals noch nicht bekannten, aber diesem Text dienlichen Fragezeichen in ihren Augen immer größer.

Auch gibt es in der Urzeit weder Facebook, Twitter oder anderes soziales Mediagedöns und die geschlechtsreifen Partner können somit nicht ihr Handy streicheln, wie es gleichaltrige Leute heute machen würden. Ergo gibt es außer dem Läuse Schmoren nur eine Alternative: wildes Kopulieren.

Poppen statt ploppen.

Es kommt den testosterongeladenen Herren ganz gelegen, dass sie keine tierischen Untermieter mehr finden können, also gibt man sich ausgiebig dieser Alternative hin und legt sich danach zu einem Schläfchen auf das mitgebrachte Höhlenbärenfell.

Drei Tage des Ausprobierens, Frauentauschens und Insfeuerstarrens gehen ins Land. Dann hat jeder der Jungs seine Mabbawumbu erwählt und zieht sie liebevoll am langen Zopf hinter sich her. Auch Ugga, der Sohn des Agga, präsentiert Agga, dem Sohn des Mogga, sein Prachtstück und dieser flötet auf einem hohlen Mammutknochen eine Hochzeitsmelodei. Ugga, der Sohn des Agga, hat fruchtbare Lenden und gründet in den folgenden Jahren im Neandertal das später so berühmte Volk gleichen Namens.

Warum ist also das Reptiliengehirn des Mannes auf das Hüten des Feuers programmiert? Weils den Mädels gefällt.

„Sô, jetzt kömmst du!"

—

Ob Grillo seine Grillisa auch am Zopf nach Hause gezogen hat, entzieht sich meiner Kenntnis. Ich werde ihm meine Gedanken auch nicht mitteilen. Das Thema Grillen vermeidet man besser in seiner Gegenwart, denn sonst ist der Tag gelaufen und man wird zugetextet mit Grillrezepten und der Lebensgeschichte von Elisabeth, seinem ersten selbstgebratenen Steak. Es ist schon gruslig genug, dass er seinen Fleischbrocken Namen gibt. Schlimmer ist, dass er sie fotografiert und in ein Album klebt.

—

„Sô, nu leit dää oarm Kuitz öngô de Ääd", sage ich.

„Jô, schôd defür. Ess lätzt mô hônn ich´n ôm Runkelsfäst gesear. Ich hônn grôd de Grill saubô gemoaicht. Mir hadde doch Ochs am Spieß, hmm, dôs woar en ganz Zoarde, dä hômmô vom Dückesch Maddin ..."

„... un dô woar de Häckeschniedô noch dô?", unterbreche ich seinen Grillerguss geschickt.

„ ... Ähh, jô genau, dô kom hää mit´m Schnietzé öm dé Äck. Ich weiß net bôs los woar, äwwô dé Nôs hôttm geblôtt. Wellsde ä boar Serviette hô? Hônn ich noch gefrôcht. Äwwô ess Schnietzé hôt gemeint hää hätt noch ä Däschedooch. Un dann wallde se zum Eckemann, dô wär noch Party."

„Källe dôs môsst du em Maddes verzehl."

„Jô mach ich dann."

Aber in dem folgenden Durcheinander hat er es wohl vollkommen vergessen.

Leichenschmaus

Kennen Sie den Plural von Leichenschmaus? Ich nicht. Wie wär`s mit – Leichenschmäuse? Leichenschmause? Leichenschmausi?

Keine Ahnung. Klingt alles irgendwie nach Kannibalismus. Da ist die Bezeichnung Tröster einfach viel besser.

Sogenannte Tröster sind seltsame Veranstaltungen. Stand man eben noch tränenüberströmt am offenen Grab und dachte, die Welt hört auf sich zu drehen, sitzt man jetzt in netter Runde bei einem schönen Tässchen Kaffee zusammen.

Die Tröster in Oberniederberg sind legendär. Nicht selten enden sie in einem Saufgelage.

Auch der Tröster vom *Häckeschniedô* beginnt hochprozentig.

Die Männer trinken Weihershöfer Doppelkorn und die Frauen ein Eierlikörchen, oder ein Conjäckchen.

Mechthild, die Witwe vom *Häckeschniedô*, bedankt sich in einer kurzen Rede bei den Anwesenden für die Unterstützung in dieser schweren Zeit. Man sieht ihr die Strapazen der letzten Wochen an.

„Trotz allem", sagt sie, „ist es ein gutes Gefühl von einer so großen Gemeinschaft aufgefangen zu werden." Nachdem noch einmal ein paar Tränchen die Wangen heruntergekullert sind, wünscht sie uns allen einen guten Appetit.

Auf Tröstern treffen sich oft Menschen, die sich schon seit Jahren nicht mehr gesehen haben.

Weit verstreut lebende Cousins und Cousinen fallen sich in die Arme. Jeder denkt vom Anderen: „Gott, ist der alt geworden", oder: „Früher war die nicht so fett."

Sie verstecken ihre Gedanken aber in Sätzen wie: „Ich hätt dich ja fast gar nicht mehr erkannt. Man sieht, dass es dir gut geht."

Sie versprechen sich in Zukunft öfter mal zu sehen und vereinbaren Cousins- und Cousinentreffen, die dann nie stattfinden. Die Onkels und Tanten erzählen sich ihre persönliche Rheumageschichte, vergleichen Rollatorenmodelle und spekulieren über den Ausgang der kommenden Folge von „Sturm der Liebe", oder einer anderen dieser endlosen Serien, die mindestens so flach sind wie die modernen Fernsehgeräte.

Doch über dem *Häckeschniedô*-Tröster liegt, aufgrund der bislang ungeklärten Todesursache, eine permanente Spannung. Nach wie vor ist der Bericht der Gerichtsmedizin noch nicht abgeschlossen und so weiß niemand, was wirklich in jener Nacht geschehen war.

Viele Trauergäste haben schon vor der Beerdigung Kuchen gebracht, denn es lag auf der Hand, dass es eine

Menge Leute werden würden.

Jeder freut sich schon auf die Schwarzwälder Kirschtorte von *de Bummse Moarré*. Heute hat sie gleich drei echte Meisterwerke gebacken. Sie werden binnen Minuten dematerialisiert sein.

Der alte Obwerwirtsaal ist bis auf den letzten Platz gefüllt. Allein die Försterwehr beansprucht schon die Hälfte der Sitzplätze. Sie sind durch den Verein und die Verwandtschaft quasi in Doppelfunktion hier.

Die drei Marias sitzen, strategisch perfekt, neben Ewald Habernoll und seiner Frau Liselotte auf der Empore und haben, wie immer, alles im Blick.

Die Jugendlichen haben sich die Plätze in Thekennähe gesichert und der *Buideonklzclub* sitzt vorne neben der kleinen Bühne.

Während die Kaffeetassen klappern, zupft Klaus-Dörte weltvergessen eine ganz eigene Interpretation des Schifferliedes auf seinem Kontrabass.

„Dôs ess doch üwô dé Liiinie!", empört sich Opa Wingenfeld, ein ehemaliger Sänger der Bruderliebe, und hält sich die Ohren zu.

„Kännst du de Öngôschied zwösche Mandoline un Kontrabass?", fragt er seinen Kumpel Opa Willy.

„Nää, verzehl."

„En Kontrabass brännt längô."

Beide lachen so heftig, dass Opa Wingenfelds Gebiss aus dem Mund schießt und mit einem lauten Plumps in der randvollen Kaffeetasse von Tante Adele landet. Aber Klaus-Dörte stört das nicht im Geringsten.

Die Turnfrauen helfen bei der Bewirtung der Trauergäste und haben alle Hände voll zu tun.

Nach dem Kaffee machen große Teller mit Siedewürstchen, Käsewürfeln mit aufgespießten Weintrauben und aufmunternde Getränke die Runde.

„Wesst ihr noch bé de Gerd im Club Mitglied ess worn?", fragt *de Bröggeschôsdesch* Timo.

„Jô, ich wänns nie vergässe", erinnert sich de *Katzeschieß*. *„Mir hadde grôd Schdammdüsch un im klänne Söalé woar dé Generalversammlung von de Waldgemeinschaft."*

„Jô, genau!", sagt ess Bummsé. *„Un de Graf Dabbdewitt sätzt sich zo ôns un wônnôt sich noch, dess mir üwô Fußball schwatze un net üwô de Borkenkäfer."*

De Bömbels Erich erhebt das Glas gen Himmel: *„Prost Gerd, bass uff dess de dich net verleifst dô owe."*

„Prost", antwortet der Club. Die Gläser klingen und die nächste Runde trifft ein.

„Mpfanz, mu muarsht doch mim mpfschniedô im Murmlab?", gibt *ess Bummsé* von sich, während er genüsslich einer dampfenden Wurst den Garaus macht.

„Ab hônnôt Gramm werds unverschdändlich."

„Mpf."

„Ich mein dir schmäckts hütt rächt got. Dôs ess doch schu dé drett Knackwôrscht dé du nieschörchst", antworte ich. Nachdem er die orale Laderampe zwischen Nase und Kinn für die nächste Lieferung geräumt hat, rechtfertigt er sich:

„Von nüscht kömmt nüscht. De Körbô verlangts."
Und sein Körper hat schon viel verlangt. Er hat in etwa die gleiche barocke Bauform wie seine Mutter. Einen Hals hat er noch nie besessen und sein Kinn geht nahtlos in die ausladende Brust, auf die Dolly Buster neidisch sein könnte, und auf das mächtige Bauchgewölbe über.

„Also jetz nochemô ohne Fättrème in de Gôrsch!"

„Franz du woarscht doch mit'm Häckeschniedô emô im Urlaub odô?"

„Oh Gott, jô, dôs hônn ich au verdrängt."

„Komm verzehl."

—

Ägübdn

„Jô, dôs woar … lôss zah Joahr hää sei … dô hônn ich
mir eimô ôm Feuôwehrfäst bei de Tombola so ä Los lôss uff-
schwatz un hat doch wällich de Hauptgewinn.

Verdammdô Mist. Bôs soll ich de dôdemit? Schissdrääk
un Leime.

Ich hatt jô ewenk schbeggeliert, weil dé hadde so schön-
ne Sache debei. So ä rechdich groß feuôverzinkt Rôdbänn,
odô bé de Engländô soarn ä Big Bänn, Kaffeekanne mit so
Thermos önge denn odô en Gutschie für en halwe Güggl
vom Hünnô Bleuel. Äwwô nää, bôs gewennt de Franz … ä
Kreuzfoahrt uff´m Nil für zwää Persone. So, jetz kömmst
du!

Drei Woche schbädô géngs los.

Also hônn ich mi neust Manschesdô un dé sonndichs
Öngôhos iegepackt un ab demit. Els Begleitperson hônn
ich de Häckeschniedô mitgenomme. Dô woar dää noch net
verheirôd un genau bé ich noch nie irchendwo im Urlaub
gewääse.

Ich doaicht jô erscht so ä Kreuzfoahrt, dôs wär so äbbes
kadholisches. Weißde, bê bann mô nôch Altötting fährt. Uff
dem Schiff woarn ville Räntnô, dê hônn de ganz Dôg üwô dé
Reeling gekôtzt un dann hônn se gebätt: ‚Oh Glaubensvater
sieh die Not … hoffentlich ess dôs Schiff ball dort.`

Also bann nochemô ... ich hätt de Reis net gemoaicht.
Erholung woar dos net. De Häckeschniedô hôts au gemeint.

Dôs géng jô in däre Hauptschdôdt voh däm Ägübdn schuh
los. Dô getts hää, bé im ewiche Laawe. Net ömsonst heißt
dôs jô Kei-Roh. Schu ôm erschde Dôg hônn mir ôns dodal
verlaufe un kei Sau hôt ôns verschdanne. ‚Hilfe, mir kom-
men aus Deutschland und suchen einen Führer.‘ Nüscht,
goarnüscht.

Dé Lüüt dô önge senn jô so oarm. Dé hônn nüscht ze fräs-
se un ze suffe un noch net emô äbbes rechdiches ohzedônn.
Dôs heißt doch nur Morgenland, weil dê de ganz Dôg im
Noaichtshemm römlaufe. Un dé Weibô troan Huidl bé ess
Pössdesch Marieche.

Äwwô dê ei Bauchtänzerin, bo dô noaichts gedaanzt
hôt in däre Schiffsbar, dé hat ä Figürche soarn ich euch.
Ä Ärsché bé ä Émätzefähschd, äwwô sonst nüscht droh.
Bé kômmô de zo so em dörre Dénk Bauchtänzerin gesoar.
Nur eins hôt mich verrückt gemoaicht. Bé sällt dä nur dää
Klunker in däre ihrm Buuchnôbl gehalle hô. Jô verreck
Offebach! Dê ganz Noaicht hônn ich mir dô drüh Gedaanke
gemoaicht. Zweihändich. Geschlôff kannt ich sobéso net.
Jedesmô bann ich sowiet woarn, féng doch dô düwe uff so
em Dorm so en Grüschbüddl oh dô römzeblärre, dess mô
meint dää hät Zehweh. Dôs woar bé beim Lumen Christi
in de Osternoaicht. De Häckeschniedô hôt gesoart, dôs wär
däne ihrn Herrn Hochwürden.

Ich soarn euch nur eins, dää Moses hôt dôs schuh rech-
dich gemoaicht, dess dää mit sinne Lüüt dô önge fort ess.

De Häckeschniedô hôt gemeint, hää hätt emô im Fernseh

*geser, dess dôs Fröhô in de Eiszeit ôlles iegefrorn woar. Glatt-
eis, so ze soarn.*

*Jô, bôs meinsde baröm dé dô sonst so vill Saand geschtreit
hônn. Dôs kréche dé doch nemmeh fort. Dô deffe dé Beduine
schöpp bé se mônn.*

*Dé Beduine, dôss senn dé mit dääne schönne arabische
Güll. Jösdes bé heiße dää dé? Eimô uis däre Wassôpüff ge-
sôffe un schun ôlles vergässe.*

Ach so, Nilpferd heiße dé.

*Äwwô dää Nil ess jô vielleicht ä Drääksbröh. Net be bei
ôns, dess jedes Tröbbelé durch dé Kläranlaache leift. Dort?
Ôlls dezoh nie. De Häckeschniedô sog, dôs woar Fröhô
schuh so, däswäche hät sich dähne ihr Könichin, dê Clo-
Petra nur mit Eselsmellich gewäsche. Es Woar!!! Milkiway
uf ägübdisch.*

*Äwwô sonst ess dô önge jô ôlles kabutt. Könne dê dê
Pyramide net emô neu verbôtz? Bé sert'n dôs uis. Ich
hônn zum Gerd gesoart - verglich doch emô ôns'n schönne
Bonifatius in Foll mit däre Spax ...odô Spinx ... dê sert doch
uis bé en Löwe, dää eins uff dé Fratz gekrecht hôt.*

*Äwwô eins woar intressant. Hôt eu gewôsst, dess ännô
voh dääne Köniche dort uis de Neahr vo Berchtesgaden
kom? Ramses und Ramsau ... klingelts dô net? Dôs woar
en Schönne. Hônnôt Keng hôt dää gezeucht. Also dää dô,
dää hat ä heiß Nearlé. Ä boar voh dääne bei ôns, dô wär dé
Ránde sechô.*

*Äwwô däm sie Kengsfratze wöllt ich goarnet hé hô. Dôs
woarn jo rechdiche Ramsäu. Die hônn doch Fröhô einfach
ôlles fortgschmässe. Ôlls fôrt, kömmt doch goarnet druff*

oh. Bei ôns heißt dôs Sperrmüll, bei dääne - Schätze der
Weltkultur. Sô, jetz kömmst du!
Ess doch woar, dô giggelsde eimô im Sand röm schuh
hôsde so ä ôll Mumie droh häänke, so ä iegetröggelt Hutzl.
Dôs woar jô so, bann dé Fröhô geschdôrwe woarn hônn se
dé iegeréwe, so mit Niveacreme un dann mit so Labbe iege-
wegglt.
Un hütt wänn se wir uisgewegglt.
Un deswääche ess dôs Ägübdn au ä Entwicklungslaand.
So, jetz kömmst du.
Mir woarn schöh froh bé mir wir dehei woarn.
Salami aleikum!"

—

Mittlerweile hat sich der halbe Saal um unseren Tisch geschart. Alle lauschen gespannt unseren Erinnerungen.

„Mir hônn schu vill delaht mit ônsm Club", erinnert sich *de Kônsbichs Manfred* und beginnt lachend die Geschichte mit den Heiratsanzeigen zu erzählen.

Es war eine Challenge, wie man heute auf Neudeutsch sagen würde. So schön das Singledasein auch ist, aber ganz unbeweibt wollte niemand bleiben. Der Gedanke einsam und verlassen in einer rot karierten Dachkammer dahin-zusiechen exhumierte den Neandertaler in uns. Jedes *Buideonklzclub*-Mitglied musste sich eine Kontaktanzeige ausdenken, die dann in der Fuldaer Zeitung veröffentlicht werden sollte. Es war die Zeit, als notgeile Bauern damit begannen im Fernsehen nach Frauen zu suchen.

„Franz, weißt du noch die Anzeiche?"

„Kloar!"

Tagelang hatte ich zuhause in *de Buidekômmô* gesessen und mir Gedanken gemacht. Der erste Entwurf begann mit:

Humorvoller Endvierziger sucht nette Frau.

Dann kamen mir Zweifel. Warum muss man immer humorvoll sein. Ich weiß, Frauen mögen das, aber welcher Rhöner ist schon wirklich humorvoll? Und dann - Endvierziger? Geht doch keinen was an. Am schlimmsten fand ich das Wort - Nett.

Der Volksmund sagt ja: „Nett ist der kleine Bruder von Arschloch."

Also versuchte ich es mit:

Knörtzicher Bauer sucht tüchtige Frau.

Das war mir wiederum zu ehrlich.

Morgens um vier Uhr fielen mir dann die goldenen Zeilen ein:

Ich heiße Franz,

hab einen Lanz

und 40 Schweine,

wirst du die meine?

Chiffre unter Codename Lanz-elot

Nach und nach erinnert sich jeder der Anwesenden *Buideonklz* an seine eigene nobelpreisverdächtige Anzeige.

De Kônsbichs Manfred:
Ich bin grottenschlecht im Bett
Das musst du gesehen haben.
Schreib mir.

De Bröggeschôsdesch Timo:
Gut aussehender Mann, der wo in der Gummi schafft,
sucht Frau, die gern mit Gummi schafft.

Die Anzeige vom *Bummsé* wurde mit Satzverdreher gedruckt:
Jungbauer sucht Frau
mit dem rechten Fleck am Herz.

Gabriel Förster schrieb:
Mann mit Grill sucht Frau mit Kohle.

De Eml hatte für seine Verhältnisse einen regelrechten Worterguss. Schriftlich ist er jedenfalls gesprächiger als mündlich:
Nuja sucht Nujô, die eine eigene Meinung hat,
aber stark genug ist sie für sich zu behalten.
Gute Figur wäre schön, nicht nur im Bikini, sondern auch beim *Säufüttern.*

Nach diesen Erinnerungen ist uns allen klar, warum die meisten von uns nach wie vor *Buideonklz* sind.

„Ich für mi Sitt hônn mit´m Thema heirôdes sobéso ôb-geschlôsse. Dé Wies ess gemôht. Obwohl mô schun emô hie-guckt bann dé Landschaft hüchelich werd. Ess ess jô au net so, dess goar keins uff mi Anzeiche reagiert hätt", verrate ich meinen staunenden Kumpels. *„Meisdens woarns äwwô so viermodoriche lediche Buidetande, dé dehei mit de En-gelbert Strauß Hos un im karierde Hemm de Mähdräschô foarn."*

„So ei hatt ich au emô", gesteht *de Kônsbich. „Dôs woar dé Wiederlegung von ôllem bôs mô sich öngô Weiblichkeit vürschdällt."*

„Schnietzé mösst mô sei, dää hôts druff", ruft *de Katze-schieß. „Dämm laufe se doch ôll nôch un schecke Bréf bo denn schdett -* Ich liebe dich."

„Sersde", antworte ich, *„un mir rôffe se nôch:* Franz, ich will ein Rind von dir. *Dô frierts mich bann ich droh däänk."*

—

Und dann passiert es wieder. Für einen Moment ver-sinke ich in mich hinein und denke an Rita. Wenns ums Thema Frauen geht, denke ich oft an Rita und ertappe mich dabei, wie ich mit mir selbst einen inneren Monolog führe: *„Rida uis Dômmeschbich. Dé hat ich oarch gern."*

Anmerkung: Da es im Rhöner Platt kein Wort für Liebe gibt, gestehen wir unsere Zuneigung mit den Worten: *„Ich hônn dich gern."* Das höchste der Gefühle ist die Formu-lierung: *„Ich hônn dich oarch gern."* Mehr geht nicht.

„Dé Rida, dé woar schu in de Reih. Dé hatt sogoar ä Mitgift vo fuchze Hektar Böchewaald. Ich weiß noch genau bé mir ôns känne gelännt hônn."

Plötzlich taucht sogar ein Kapitel meines Tagebuches vor meinem inneren Auge auf. Ein Gedicht, das ich damals geschrieben habe.

Herscht 2001

Liebes Tachebooch

Es woar uff Kermessondich un ich schdohn mit minne
Kumbls ôn de Theke röm.

Im Festzelt woarsch so luit, mô verschdohn si eiche Wurt
net, dôs woar wällich schlömm.

Dô hônn ich dich geser, du hôst grôd ä Wörschde gässe
und koomst hää zo mir.

Dô hônn ich noch en Schnaps getrônke un du hôst gesoart: Komm un daanz mit mir.

Un owe uff em Podium dô hônn mir zwää allei gedaanzt
dé ganz lang Noaicht.

De Mussik hat schuh iegepackt, doch dôs hôt ôns üwôhaupt nüscht uisgemoaicht.

Du woarscht net bé dé Annôre, so schickimicki Modemist
dôs bruchst du net.

Mi Knee dé hônn gewôgglt, jô du woarscht dé Frau, dé ich
sofort geheirôt hätt.

Ôm hälle Môrré senn mir mit mim grönne Bulldog dann
noch hei gefoarn zu dir.

Noch wôchelang hônn ich devoh getreimt bé du gesoart
hôst ... komm un daanz mit mir.

*Ich hätt jô nie gedoaicht, dess ich uff mi ôlle Doar noch
emô min Koop verlier.*

*Be dômôls Kermessôndich, bé du zo mir hôst gesoart ...
komm un daanz mit mir.*

—

*„Ach man, ich Rengviech, hätt ich doch dômôls nur zoge-
greffe, äwwô dann ess mir mi ôllôerscht Freundin iegefalle,
dé Madilde un däre hatt ich verschprôche, dess ich se emô
heirôd. Éwiche Treue, hônn ich geschworn. Au bann ich
schu ville Joahr nüscht meh von däre gehôrt hônn, ich hall
mi Wurt. Dô könntsde doch gebleck."*

„Franz ...Franz ... bist du noch dô?", reißt mich eine
Stimme aus meinen Erinnerungen.

„Hä? Bôs? Bo woarn ich schdenne gebléwe?"

*„Du hôst gesoart ess friert dich bann de ôn dé Viermodo-
riche däänkst."*

„Achso, jaja."

„Dé schönnsde Fraue solls jô in Brasilien gah", sagt *ess*
roind Bummsé.

„Môg sei", antworte ich. *„Äwwô schdällt euch doch emô
vür ich dät so ei mit hei bränge. Wesst ihr so ei bé se dort in de
Foaset römlaufe. So oben ohne un önge net vill. Fäädôwüüsch
ôm Koop un Fengônääl bé Heiwängô. Bann dé so bei mir in de
Schdall geng, dô däde dé Köh dé Schwänz hochschdälle, dôs
soarn ich euch. Un üwohaupt, bôs soll ich de in Brasilien, dôs
Wassô im Guckaisee ess genauso nass. Sô, jetzt kömmst du!"*

Obwohl sich die Jungs für einen Moment gedanklich mit einer schokohäutigen, brasilianischen Schönheit auf der Copa Cabana Samba tanzen sehen, stimmen alle resignierend zu.

„Ess ess verrückt, ewwô de Einzich bei däm dé Anzeiche wällich äbbes gebroaicht hôt woar de Häckeschniedô. Bés uissert hôt dé Mechthild ä Hätz für Iesebereifde."

Suche die Frau mit den braunen Schuhen und dem grünen Kleid, die wo letzten Sonntag nach dem Hochamt vor dem Dom so schön genießt hat, während es zu regnen anfing. Ich hab mich nicht getraut dich anzusprechen, deshalb suche ich dich über die Zeitung.

Mein Blick ist aus Silber, aber mein Herz aus Gold.

Willst du meine *Häckeschniederin* werden, dann melde dich unter Chiffre: 3435

„Jô, källe un nu esse dot. Hôt ihr emô äbbes vom Schnietzé gehort?"

„Dä ess noch in Untersuchungshaft, sovill bé ich weiß. Woart noch emô ä hall Schdônn, bes de Maddes noch ä boar Schôbbe denn hôt, dann fréche mir dää emô, dää mössts jô wess."

Das Verhör

Polizeipräsidium Osthessen.

„Ich hab's dir doch jetz schun drei ma erzählt Maddes, ich, ich, ich kann net mehr saache."

Niedergeschlagen sitzt *ess Schnietzé* - Robert Schneider - im Verhörzimmer. Seine Hände schwitzen und sein Hirn rotiert wie eine Roulettekugel, die sich ohne Unterlass im Kreis dreht, aber auf keiner Zahl einrastet.

„Herr *Schnietz...* Schneider, ich fasse also zusammen:

Sie behaupten, dass Sie nach dem Runkelfest in Oberniederberg mit dem da noch lebenden, aber angetrunkenen Gerd Förster gegen 2:30 Uhr in der Nacht zu den Künkels ins grüne Haus zwecks Trinkens eines Scheidebechers eingekehrt sind. Danach haben Sie den später Verstorbenen den Berg hinauf geschickt."

„Hörma, ich hatt schun ä baar Schobbe drinn un da hab ich ihm gesacht: du weißt ja ... immô de Berch nuff."

Jetzt wird *Maddes* streng: „Der wohnt aber *de Berch nôb! Nuff* gehts zum Puff ... also, ich *mein* Richtung Lydia."

„Das war *en Schbass*, Mann. *Maddes*, du weißt doch, wie ich bin, ich *veräppl* gern die *Leut ewenk*. Der *Dabbes* hat sich einfach *verlaufe*."

„Also gut, mal angenommen, der *iss* statt *nôb – nuff*."

Maddes Förster versucht einen imaginären Wegeplan des

Opfers zu erstellen und zeichnet ihn mit den Fingern in der Luft nach. „Vielleicht *iss* der ja statt *nuff* - *neng* oder sogar *nü*. *Üwô dé Wirtsgass drüwäg* oder *öngô de Kerch drönghie odô hengenôch sogoar schdracks näwehää*. Dann kommt er direkt auf die Landstraße Richtung Hofbieber und zu den Aussiedlerhöfen."

„Da, *wos'n gerisse* hat", ergänzt *ess Schnietzé*. „Beim Gerd *is* sowas möglich."

„Das erklärt aber nicht, warum Sie von *de Schtrohmöllesch* Anna in der Nacht beim Haus von Mechthild Förster gesehen wurden."

Maddes wird vertraulich: „*Öngô ôns, Schnietzé, leift dô äbbes zwösche euch? Du weißt schu … bumm bumm, zack zack … schütteldiebumm?*"

„Dddas *iss schun* lang vorbei, dddas war noch bevor die mit dem *Häckeschniedô* … "

„*Ahaaa!*", triumphiert es aus dem Kommissar heraus, denn er glaubt jetzt den Casus Knacksus gefunden zu haben.

„Nix aha! Mir *ham* uns in Fulda in *de Schul* kennengelernt. Ich war auf der Metall-Berufsfachschule und die Mechthild auf de *Buddingschul*. Naja, da *ham mir* uns halt an *de Bushaldeschdell getrôffe un ham* so ä *bissi rumgemacht*. *Schbädô* warn *mir* dann *au ä* Zeitlang *richdich zusamme*. Aber damals hab ich mir gedacht, warum soll so *äbbes* schönes - wie ich - nur *einô Frau gehörn*. Die Mechthild hat mich halt erwischt, wie ich mit *de* Rosi geknutscht *hab*. Tja *un* das wars. Gott, war ich damals *blöd*. Ich *hab* das echt bereut *un jetz schdell* dir vor, wie ich *geguckt hab*, wie *de Häckeschniedô* die Mechthild mitgebracht hat. *Abô, desweche bring* ich den doch *net* um. *Un nochwas! Hör net* auf die Anna, das *Breimaul* … ich *hab en* Filmriss in der Nacht gehabt *un* da *is* das bei mir *manchma* so, dass ich sentimental *werd.* Vielleicht war ich ja dort, Scheiße, ich weiß es einfach *net* mehr."

„*Un bôs ess mit däm Schnôppdooch?*"

Wie sich bei der Blutanalyse herausstellte, war es eindeutig das Blut des Opfers.

„Keine Ahnung. *Maddes,* du musst mir *glaube,* ich weiß *net,* wie das scheiß *Schnôppdôch* in *mei Dasch gekomme is.*"

Ess Schnietzé ist verzweifelt. Die verlorenen Stunden in seiner Biografie wollen sich einfach nicht finden lassen.

Unter diesen ungeklärten Umständen kann der Kommissar den Verdächtigen natürlich nicht gehen lassen, auch wenn er selbst nicht an seine Schuld glaubt.

Lydia hôt nüscht verrôde

Nachdem nun am Tröster alle getröstet sind, geht die Veranstaltung zum gemütlichen Teil über. Die meisten der auswärtigen Gäste sind schon gegangen und Oberniederberg ist wieder unter sich. Die Uniformjacken der Feuerwehr hängen über den Stuhllehnen und die schwarzen Krawatten sind gelockert oder ganz ausgezogen.

Auch *Maddes'* Zunge verspürt schon eine leichte bis mittlere Lockerung, die mit dem Hang zum schweren flirtet. Während die Turnfrauen unter lautem Klappern das Geschirr zusammenräumen, setzen sich die Getrösteten in der Mitte des Saales zusammen.

„Maddes, jetz verzehl ôns emô bôs Neues gitt", spreche ich den Kommissar Ortsbrandmeister an.

„Ich deff jô eichentlich üwô laufende Ermittlunge nüscht soar", *Maddes* macht eine Schlüsseldrehbewegung vor seinem Mund. „Meine Lippen sind verschlossen, *äwwô ich kônn ess Schnietzé net frei gelôss. Gott weiß, bô de Häckeschniedô römgeerrt ess un bôs wällich bassiert ess. Mir hônn beim Schnietzé ä bloodich Schnôppdooch gefônge un dôs Bloot schdammt eindeudich vom Häckeschniedô."* Seine Zunge ist mittlerweile außer Stande ein klares Z zu formulieren. *„Ups, dôs wallt ich jes goarnet versehl."*

„Dé Lydia verweichert au dé Aussaache. Also, mir dabbe noch völlich im Dunkele. Dunkel bé ä Drôsselooch."

„Dé Lydia hôtt nüscht verrôde?", fragt *de Bömbels Erich* mit einer gewissen Erleichterung.

„Nää, dé woar schdandhaft. Äwwô, dô gitts ei Sach, dé ich net verschdenn. Ich hatt de Befehl vo de öweschde Boliseibehörde nôch em rode Böchelé se fréche. Dé hônn rechdich Druck gemoaicht. Kei Ahnung bôs dôs soll un bôs dôdeheng schdäckt. Äwwô dé Lydia ess en hoadde Knoche. Dé wôsst genau öm bôs ess gett, dôs hônn ich mit minnô langjähriche Erfahrung els Krimminalober ... dingsda geschbührt. Dé hôtt ôlles ôbgeschdréde. Béso fréchst´n du mich eichentlich?", will *Maddes* wissen.

„Ich fréch halt emô, einfach so."

„Maddes, du môsst au net ôlles wess", meint de *Schbrötzemanns Egon*, ein Mann mit zwei Kindern und Vorstandsmitglied im Bienenzüchterverein.

„Nujô!", pflichtet ihm *de Eml* bei und bekommt einen roten Kopf.

„Jeder Mensch hat seine Geheimnisse", wirft Pfarrer Pischalke ein und erschrickt über seine eigenen unbedachten Worte.

Vermutende Blicke gehen nach diesen Bemerkungen durch die Runde, aber keiner aus dieser Schicksalsgemeinschaft wirft den ersten Stein.

„Bann ich dôs rechdich verschdänn, ess de Lydia ihr rot Böchelé ess ôllôwichdichst Beweismittel. Bann dé wörklich

ôlles uffgeschréwe hôt, dann wär jô kloar ob ess Schnietzé odô de Häckeschniedô dô owe ... nuja, ihr wesst schu ...", spricht *de Bröggeschôsdesch* Timo und kommt sich dabei sehr wichtig vor.

"Jess fängt dää au mit däm Böchelé oh ... Es gitt tatsächlich Zeuche dé behaupte de Häckschniedô wär in däre Noaicht bei de Lydia gewäße", lallt Kommissar Förster.

Jetzt brechen die Marias ihr Schweigen. *"Der Gerrrrd warr oben, iss aberrr vorrbeigschwankt. Des warrr punkt 3 Uhr 15",* sagt die *Dritzevertze* Maria.

"Un dô woarn so zwää dunkele Geschdalde, dé sôge uis els köme se vo de Maffia. So en klänne Uffgerääde un en grôsse Glatzkoop. Dé hônn au dé Dür uffgebrôche un senn nie gemoaicht. Ich hônn gleich dé Bolizei ohgerôffe. Oh Herr vergib uns unsere Schuld." Ess Pösdesch Marieche bekreuzigt sich nach dieser Aussage.

"Ess Schnietzé hônn ich dô noch nie geser ...", sagt *dé Bummse Moarré* mit dem Subtext *" ... aber so manch An-*deren". Sie blickt dabei in die Runde und einige Köpfe senken sich oder blicken verlegen auf die Uhr.

"Äwwô ich senn mir sechô, dess dé Lydia ôlles und jeden in ihr Booch schriet. Neulich, bé ich dé Buin hônn rôbgemoaicht ...", dé Bummse Moarré macht neben der Schwarzwälder auch hervorragende Gemüsesuppen, *"hôtt dé im Goadde gesässe un geschréwe."*

"Meine Damen", richtet sich der Kommissar mit letzter Kraft in Pose, wischt sich den Bierschaum vom Mund und fährt mit schwerem Lallen fort, *"das sinn dodal wichdiche In ... In ... Incredensien, wieso rücken Sie dademit erst jess*

raus?" Er wackelt mit dem erhobenen Zeigefinger. *„Du, du, du! … Du kleines Silberbümmschen."* Während er das sagt, *zuppelt* er an den Genscherwangen von *de Bummse Moarré.*

„Ich well jô nüscht soar, äwwô in Dreideiflsnome, es soll jô net heiß mir wärn neuschierich", verteidigt sich *ess Pösdesch Marieche.*

Maddes, dem ebenfalls der Stress der letzten Tage deutlich anzumerken ist, sinkt danach erschöpft auf einem Stuhl zusammen. Der reichlich genossene Alkohol hat ganze Arbeit geleistet. Jetzt, wo das Auge des Gesetzes Wange an Wange mit Onkel Bernward einem süßen Schlummer verfallen ist, wird der Tröster konspirativ.

„Hé, sssst! Mir mösse ichendwie ôn dôs Booch komm, dess ess Schnietzé entlastet werd", flüstert *de Burchvôchts Olli.*

„Des hat die so gut verrrsteckt, dess ich dess net emôl mit´m Ferrrnglas siech. Des müsst aberrr irrrchendwo im Kellerrr sein." Es herrscht mittlerweile eine Stimmung im Saal, als hätten mehrere Sherlock Holmes-Darsteller ein Rendezvous mit Miss Marple und den Golden Girls. Eifrig werden die kuriosesten Pläne geschmiedet, um an das Buch zu kommen.

Walter Förster, seines Zeichens Bauunternehmer mit einem großen Betrieb in Unterniederberg, schlägt das Graben eines Tunnels vom Grundstück der *Dritzevertze*

Maria zum Keller von Fräulein Lydia vor. „*Mit mim neue Atlas Copco Kanalbohrer gett dôs ratzi fatzi.*"

„Wir könnten ja mit Lydia ein Pfeifchen Cannabis rauchen und dann easy peasy ein paar People einschleusen", empfiehlt Klaus-Dörte. „Hé dont worry, das ist biologisch angebauter Stoff, gell."

„*Ä Püffé rauch?*", ereifert sich Ewald Habernoll und fährt schwadronierend fort. „*Üisräuchô mösst mô dää ganz Schdall mit Nääbelbombe und dann dé Wehrmacht, also dé Bundeswehr nie.*"

„*Quatsch, dôs ess doch üwô dé Liiinie*", winkt Opa Wingenfeld ab. „*Mit ônsene Saldôde kônnsde hütt känn Krég meh gewenn.*"

„*Hé Kônsbich, du kännst dich doch uis dô owe*", fällt *em* Quietsché ein.
„*Bôs soll'n dôs heiß?*"
„*Naja, schließlich lääst du doch de Strom vom Üwôlandwääk ôb.*"
„*Dôs heißt RhönEnergie und bôss wellst'n dôdemit soar?*"
„*Du könnt'st doch dort geklingel un gesoar du mösst emô nôch em Zählô guck un dann sôchsde dôs Böchelé.*"
„*Sôg emô, hôst du noch ôll dé Ladde ôm Zui? Dôs mach ich net.*" Manfred schüttelt mit dem Kopf, doch die Menge im Saal hat bereits einstimmig den Daumen für diesen

Plan gehoben. Alle Augen starren ihn fast schon bedrohlich an.

„Vo mir uis, äwwô ich mach dôs net allei. De Franz môss mitgeh."

„Ich? Im Laawe genn ich nemmeh in dôs Huis. Ihr wesst genau baröm ..."

Mir ist mein Weihnachtstrauma vom letzten Jahr noch in schlechtester Erinnerung.

„Nüscht, kömmt goarnet in Fraache."

„Du wisst en schönne Freund. Schdäll dich net so oh, källe!", empört sich ess Quietsché.

Mit der Hoffnung um Einsicht bei den Zuhörern erzähle ich meinen Weihnachtsalbtraum.

Das *Kadôfflsalôd*-Dilemma

Die Tatsache, dass ich, als der größte Lieferant Oberniederbergs, selbst keine Kartoffeln mehr für meinen tradi-
tionellen Heiligabend-Kartoffelsalat zuhause hatte, zwang
mich entgegen all meiner Gewohnheiten an Heiligabend
um 17 Uhr, also kurz vor der Bescherung, dazu im Super-
markt in Hofbieber welche kaufen zu müssen.

Doch ich kam leider eine halbe Minute zu spät, denn
Fräulein Lydia hatte mir den letzten Beutel vor der Nase
weggeschnappt.

„Ach Herr Habersack, das tut mir aber leid", sagte sie
scheinheilig und legte den Beutel mit den letzten Kartoffeln wie eine Jagdtrophäe in ihren Einkaufswagen.

*„Ihr wesst, ich kônn vill vertroar – Bier ohne Schaum,
Bauer sucht Mann, odô dé Werbung von Saitenbacher-Müsli.
Äwwô Heilichômnd ohne Kadôfflsalôt gett goarnet."*

In diesem Moment wünschte ich Lydia die Pest an den
Hals. Eine ganze Litanei an Flüchen ging mir durch den
Kopf: *„Himmelherrschockkrützdônnôwäddô, Gewidddô-
luidô, dé Schisserei sollsde kréch un kôrtze Oarm un dôde-
bei soll dich Blitz träff. Du ôll Räävt, du ranziches."*

Das alles wollte ich ihr an den Kopf werfen.

„Net schlömm!", hörte ich mich sagen.

Meinen hochroten Kopf als Not deutend und ihrer eigenen Lust nachgebend, lud sie mich ein den Abend mit ihr zu verbringen.

„Heidenei, bé komm ich uis däre Sach wir ruis?", dachte ich mir, aber das Angebot eines selbstgemachten Kartoffelsalates war ein Argument, dem ich nicht widerstehen konnte.

Dass ich mit meiner Zusage einen kapitalen Fehler begangen hatte, wurde mir schon klar, als sie die Haustüre öffnete.

Das ganze Haus voller brennender Kerzen, *„bé Ôllôheiliche ôm Friedhof"* und Lydia kam in einem, wie man in der Rhön sagt: *„Fläädschômaandl"* die Treppe herunter gehüpft.

„Möchtest du ein Glas Aperol Spritz?", fragt sie mich, während sie durch das Anspannen des Rückens ihre üppigen Überhangmandate nach oben wuchtete, so dass mir das pralle Gewölbe fast die Augen ausstach.

„Mellich." Etwas Dämlicheres konnte mir bei diesem Anblick nicht einfallen. ... *„ääähhh en schönne Schnaps wär mir jetz léwô!"*

Nach einem Hin- und Her-Geplänkel schleppte sie mich tatsächlich in ihr Schlafzimmer.

Lasziv hauchte sie mir ein „Du kannst die Stiefel anlassen, du stehst ja offensichtlich auf Gummi" ins Ohr.

„Dé hônn ich von de Raiffeisen ... ess ä subbô Qualidät."

Dann warf sie sich mit der Gelenkigkeit einer chinesischen Torsionskünstlerin auf das golfplatzgroße, mit roter

Seide bespannte Bett. Wobei Bett nicht die richtige Bezeichnung war. Große Liegewiese mit eigener Postleitzahl würde es wohl besser beschreiben. Dann begann sie sich ohne Hemmungen zu räkeln.

Ich kam mir vor wie in einem Exorzistenfilm. *„Jeden Momänt kôtzt dé Spinat"*, denke ich mir.

„Sei mein Gebieter, Franz." Ihre Stimme klang wie die von Darth Waider.

„Hä?"

„Ich will deine Sklavin sein."

„Bé?"

„Fessel mich, Franz, fessel mich!"

Gleich, so dachte ich, fängt sie an über der Bettdecke zu schweben. Also zog ich kurzerhand meine Hosenträger aus und band sie am Bettgiebel fest.

„Und jetzt nimm alles von mir."

„Wällich?"

„Jaaa", gurgelte sie.

„Dô nahm ich de Kadôfflsalôt."

Tat es und verschwand in die heilige Nacht.

Jedô, Ännô, Irchendennô un Kännô

Doch ich kann von der amüsiert zuhörenden Menge keine Gnade erwarten.

„Dôs ess bé bei däre Geschichte vo däne vier Kolléche.

Dé héße: Jedô, Ännô, Irchendännô un Kännô. Kännt ihr dé?", frage ich die Anwesenden.

„Eines Taches hadde dé Vier emô ä wichdich Ärwet ze erlediche un Jedô woar sechô, dess sich Ännô dröm kömmôt.

Irchendännô hätts könnt gemach, äwwô Kännô hôtts gedoh.

Dô wurd Ännô goaschtich, weils ä Ärwett für Jedô woar.

Äwwô Jedô hôt gedoaicht Irchendännô werds schuh mache.

Uisôdäm hôt Jedô gewôßt, dess Kännô äbbes macht.

Ôm Äng hôt Jedô Ännô dé Schôld gegah, weil Kännô erledicht hôt bôs Irchendännô hätt könnt gemach.

Sô, jetz kömmst du!"

Mir ist klar, Widerstand ist zwecklos. *„Bôs kömmt werd gemoaicht",* rede ich mir die Sache schön. Trotzdem habe ich Fronleichnam im Süden, das ist die Rhöner Beschreibung für Muffensausen.

„Dôs môss genau geplant wää, bää weiß bôs dô ôlles kônn bassier. Ich soarns euch, mir bruche en Chefplaner", fordere ich.

„*Ich machs!*", ruft der braune Ewald begeistert.

„*Guck doch emô, dää schdett dô bé de Adolf persönlich*", flüstert mir de Kônsbich ins Ohr.

„*Jô, wällich, dôs gitts net.*"

Ich habe ja das Glück den „Führer" nicht mehr selbst erlebt haben zu müssen, aber ich kenne seine Gebärden aus unzähligen Filmen und Dokus. Manchmal frage ich mich, was die ganzen Fernsehsender und auch Hollywood ohne Hitler, die SS und die Nazischergen produzieren würden. „*Du guckst en Film – bröllt dich de Hitler oh, du schaltst NTV ie – bröllt dich de Hitler oh. Du schaltst ess ZDF ie - gitts ä Kochsendung un dann bröllt dich de Hitler oh. Sô, jetz kömmst du.*"

Ewald hat die Führergesten gut drauf, aber er wird zum Glück eine weitere Karikatur bleiben, denn die Runde schweigt ihn an die Wand. „*Dann halt net*", reagiert der Braune beleidigt. „Mimimi."

„*Ich mach´s*", sagt Oma Paula.

Alle sind im ersten Moment überrascht über diese spontane Entscheidung, aber eine Minute später ist klar, eine Bessere können wir nicht bekommen. Mit dem gleichen Spürsinn, der sie ohne Rezept Waffeln backen lässt, wird sie uns auch ihre kriminelle Seite meisterhaft servieren. Vor meinem geistigen Auge sehe ich meine Oma schon, wie sie lässig eine Kippe wegschnipst, das Maschinengewehr aus dem Geigenkasten holt und eine selbstgehäkelte schwarze Skimaske über den grauen Bürzel zieht.

Schnell werden zwei Tische zusammengestellt und wie aus dem nichts entwirft sie einen Plan. Knisternde Spannung liegt in der Luft, als sie uns ihre Ideen präsentiert. Ein leeres Kuchenblech stellt den Grundriss des Lydia-Anwesens dar, die drei Tortenplatten von de *Bummse Moarré* sind die Häuser der drei Marias. Kaffeetassen und Gläser übernehmen die Aufgabe der Akteure. Napoleon hat das damals vor der Schlacht von Waterloo ähnlich gemacht, nur ohne Schwarzwälder-Kirschtorten-Reste an den Fingern.

Die Tröster-Gang ist begeistert. Mit einer Blechkuchenzange schiebt Oma die Kaffeetassen wie Schachfiguren auf dem Tisch umher.

Der Eröffnungszug, bei dem *de Kônsbichs* Manfred den Erstkontakt herstellen soll, ist bereits für den morgigen Abend geplant.

Das Team soll dann am folgenden Tag in den Ring steigen.

Golden Eye

Vor fünf Wochen in Frankfurt.

„Ihr zwa Hannebambels seid doch die größten Dumpfbratzen, die die Welt je gesehen hat."

Golden Eye tobt vor Wut. Auch wenn es nicht leicht ist im Frankfurter Dialekt böse zu wirken, erreichen seine Worte die Adressaten. Ich finde, wenn Frankfurter schimpfen, klingt es immer wie ein Sketch von Badesalz. „Isch sach euch aans, wann ihr des nächste Mal in des Kaff fahrt, dann will isch Geld sehn. Iss dess angekomme? Die - *piep* - muss latzen, sonst dut se verratzen. Un wann die zickisch iss, die - *piep* -, dann macht aale Worscht aus der, verstanden?"

Golden Eye, der mit bürgerlichem Namen Richard Müller heißt, ist ne große Nummer im Frankfurter Bordellgeschäft. Er bezeichnet sich selbst als Bordellier und hält die Tradition der Gewerbsunzucht in der dritten Generation aufrecht.

Es gehört in Bordellkreisen zum feinen Ton sich eines ordinären Vokabulars zu bedienen, da man sonst in der Szene nicht akzeptiert ist.

Besonders kreativ sind Bordelliers bei der Namensfindung für den weiblichen Schoß. Da dieses Buch auch für Jugendliche geeignet sein soll, möchte ich diese Worte gerne weg-*piep*-en und der Vorstellungskraft des Lesers überlassen. Nebenbei bemerkt, es soll allerdings auch jugendliche Geschlechtsvokabulisten geben.

Das Büro von Golden Eye oder auch kurz G-Eye liegt im Souterrain eines Laufhauses im Frankfurter Bahnhofsviertel. Der Raum ist mit groß gemusterten Tapeten aus der Kollektion von Guido Maria Kretschmer verziert. Mitten im Raum steht ein Monster von Schreibtisch, dessen geschwungene Barockbeine mit Blattgold beschichtet sind. Ein ebenfalls vergoldeter Computerbildschirm, aufgeschnittene Achat-Steine und ein Bild von Shakira, einem Afghanenhund, der vor drei Jahren an einer Darmverschlingung dahingesiecht war, schmücken die gläserne Schreibtischplatte. Hinter dem wuchtigen Möbelstück, welches auch dem Sonnenkönig Ludwig für sein Eigenheim in Versailles gefallen hätte, steht ein mit Goldleisten eingerahmter schwarzer Thronsessel.

G-Eye kleidet sich gern im Tigerlook, trägt Cowboystiefel, eine Vokuhila-Frise und stahlblaue geschlitzte Augenlinsen. Sein Äußeres ähnelt dem jungen Rod Stewart, verkleidet als Avatar aus dem Tigerentenclub.

Den Szenenamen Golden Eye verdankt er den kleinen goldenen Ringen, mit denen er seine Augenbrauen gepierct hat.

Lydia Kanopka war bis vor fünf Jahren die beste - *piep* - im Stall. Die beiden hatten ein professionelles Verhältnis. Sie ging auf hohem Niveau anschaffen und er hat kassiert. Ihre Kunden kamen nicht nur aus dem Frankfurter Geldadel, sondern auch aus höheren politischen Kreisen der nahen Landeshauptstadt Wiesbaden. Seit damals führt sie Buch über all ihre Kunden und so besteht ein großes Interesse dieses verschwinden zu lassen, um politische Verwerfungen zu vermeiden. Dies erklärt auch den Druck auf die Ermittlungen der Polizei.

Doch für Lydia sind die Niederschriften eine Art Lebensversicherung. Mit wachsendem Selbstbewusstsein fasste sie eines Tages den Entschluss sich aus der Umklammerung von Golden Eye zu lösen und abzuhauen. „Ich hab die Schnauze voll. Meine - *piep* - miaut jetzt privat", hatte sie kurz vor ihrem Verschwinden auf ein Post-it geschrieben und auf den megateuren Bildschirm geklebt. Nach einem gehörigen Griff in den Safe von G-Eye setzte sie sich ab. Verzugsadresse unbekannt.

„Isch mach se kalt, die - *piep* -. Mist - *piep* - *piep* -!", schrie der zur Hysterie neigende Zuhälter und weinte bittere Tränen in den leeren Tresor. Dabei schüttelte er so heftig den Kopf, dass die Augenbrauenpiercings wie das Vorspiel zur Petersburger Schlittenfahrt klangen.

Ganze viereinhalb Jahre hatte er nach ihr gesucht. Mit der gemopsten Kohle hätte sie ohne weiteres ein schönes Reihenhäuschen mit Vorgarten in St. Tropez kaufen können oder eine Einliegerwohnung im Buckingham Palast. Auf Oberniederberg wäre er sicher nie gekommen, wenn nicht Gevatter Zufall nachgeholfen hätte.

Ein Zuhälterkollege, der im Raum Fulda ebenfalls ein ähnlich geartetes Element, pardon Etablissement betreibt, war auf ein Tässchen Kaffee in die Friedrichstraße gefahren und entdeckte Lydia, wie sie mit ihrem einzigartigen roten Mund ein Bonifatius-Eis schleckte. Er selbst hatte die Talente dieser roten Prachtlippen schon hin und wieder einer mündlichen Prüfung unterzogen. Er schlich sich an sie heran und belauschte ein Telefonat, das sie wohl mit einer Freundin führte.

„...nein Cindy, mir geht's jetzt wirklich viel besser. Das Schwein hat mich nur ausgenutzt, aber ich hab ihm die Hose ausgezogen. Die Kohle hab ich investiert und mir ein Häuschen auf dem Land gekauft. Was? Ja, ab und zu hab ich noch Kundschaft. Wo ich bin? Oberniederberg heißt das Kaff. O-ber-nie-der-berg. Ja Hase, ich pass schon auf. Du kennst mich. Also tschüssi, ja ich drück dich."

„Was? Die - *piep* - ist jetzt eine Dorf - *piep* - geworde und - *piept* - mit jedem dahergelaufenen, Saubauern. Isch fass des net. Abä isch schwör, un wanns des Letzte is was isch mach, die - *piep* - krall isch mä", schrie G-Eye hysterisch. Danach ergoss er sich in einer Schimpfworttirade: „- *piep* -, *piep* -, *piep* - und - *piep!*"

Er selbst wollte sich natürlich die Hände nicht schmutzig machen und engagierte die völlig zu Unrecht gefürchteten Safini-Zwillinge.

Die Safini-Twins

Sergio und Diesel, die Safini-Twins, sind das genaue Gegenteil von allem, was man gemeinhin unter Zwillingen versteht, auch wenn sie von derselben Mutter am selben Tag geboren wurden. Außer einem IQ von drei Reihen Feldsalat, wobei ich dem Feldsalat nicht zu nahe treten möchte, haben sie nichts gemein. Ich vermute, dass ihre italienischen Eltern bei der Zeugung während eines Heimaturlaubs hinter der alten Dorfkirche eines sizilianischen Bergdorfes so etwas ähnliches wie Trennkost-Sex hatten.

Sergio Safini ist klein, frech, ein Möchtegern-Brutalo und steht auf große blonde Frauen.

Diesel ist, obwohl sein klobiges Erscheinungsbild es nicht vermuten lässt, eher der Feingeist. Sein richtiger Vorname lautet Augusto. Er ist groß und breit wie eine Schwebetürenschrankwand von IKEA. Man nennt ihn Diesel, nicht etwa weil er gern an der Zapfsäule schnüffelt, sondern wegen des Parfüms gleichen Namens, wobei sein Verbrauch des Duftwassers pro Kilometer dem Spritverbrauch eines Kleinwagens nahekommt. Sein Kopf gleicht einem gut abgehangenen Parmaschinken, die Stimmbänder denen von Gianna Nannini und er steht auf gut trainierte blonde Jungs.

Der hohe Dieselverbrauch ist reiner Selbstschutz und seinem übel riechenden Zwillingsbruder geschuldet. Sergio ist ein Typ, der, seit er die berühmte Szene aus Psycho gesehen hat, Duschen meidet und daher schon am frühen Morgen das Aroma von abgestandener Bratensoße verbreitet. Meine Oma würde sagen: „Dää schdinkt bé uffgekôchde Sôtz."

Diesel versucht also mit Diesel die Geruchsknospen in seiner Nase zu überlisten, wodurch ein ewiger Kampf zwischen Muff und Duft über die Lufthoheit herrscht.

Als sie noch klein waren, sahen sie ja noch wie Zwillinge aus. Den beiden wurde damals auch die Einstellung aufgezwungen gleich zu sein. Gleiche Kleidung, gleiche Schuhe, gleicher Haarschnitt. Warum macht man das? Warum kleidet man Zwillinge, die man eh schon nicht auseinanderhalten kann, auch noch einheitlich? Auch nach längerem Grübeln finde ich darauf keine Antwort. *„Ess ess, bés ess."*

Nachdem die sizilianischen Großeltern mit Sack und Pack als Gastarbeiter nach Deutschland ausgewandert waren und die Eltern später diese kleine schnuckelige Eisdiele Namens Safini-Gelati in Oberursel eröffneten, entwickelten sich die Zwillinge körperlich völlig asymmetrisch. Damit kamen sie mental nicht klar und so gerieten sie auf die schiefe Bahn. Nach mehreren Jugend- und Haftstrafen, vermutlich wegen Geruchsbelästigung, erbarmte sich G-Eye und stellte die beiden für die groben unangenehmen Aufgaben ein.

Der erste Versuch in jener schicksalshaften Nacht, das Geld von Lydia zurückzubekommen, ging völlig in die Hose.

Eigentlich wollten sie gegen 19 Uhr am Zielort angekommen sein und planten daher schon um 17 Uhr in Oberursel loszufahren. Dummerweise hatten sie aber nicht damit gerechnet, dass die GPS-Satelliten noch nie etwas von Oberniederberg gehört hatten. Oberrode, Oberbimbach und Oberweißenbrunn ließen sich ohne weiteres ins Navi eingeben, aber Oberniederberg - not found.

„Seißekiste besissene."

Der italienische Akzent war immer noch deutlich zu hören. „Gib alt die seiß Obernust ein, vielleicht iste dase Seiß Oberdingsdaberg in die Seiß Nähe von die Seiß Kaff."

Ich hätte ihnen auch gern die italienisch eingefärbte Fäkalsprache erspart, aber mein Vorrat an Piepsern war leider aufgebraucht.

„Es kann losgehen", sagte die sonore Stimme des Navigationsgerätes freundlich. Nachdem sich auch Diesel geschmeidig wie eine trächtige Nilpferddame in den Alfa Romeo gefaltet hatte, schaltete er den CD-Player ein. Selbstverständlich lief das italienische Pflichtprogramm - Eros Ramazzotti. Ich weiß nicht, wie es dem Leser geht, aber ich bekomme bei der Musik von Eros Ramazzotti immer Hunger auf Pizza. „Piu Bella Cosa", ertönte und Diesel sang lautstark mit. So laut, dass die verzweifelten Durchsagen des TomTom Navigationssprechers völlig überhört wurden.

„Bitte wenden Sie!

Bitte wenden Sie!!
Bitte wenden Sie!!!
Ach, leck mich!" Die Irrfahrt begann.

Worüber unterhalten sich eigentlich zwei italienische Zwillingsganoven, wenn sie mit dem Auto in die Rhön fahren? Eine Frage, die schon Goethe nicht interessierte, was verwundert, denn den interessierte doch eigentlich alles.

Vielleicht sprechen sie über Folgendes:
„Sergio? Brauchen wir Winterreifen in die Rhön?"
„Stronzo, Porco miseria. Wir aben Sepetember unde nichte Winter."

Oder über jenes:
„Sergio."
„Was!"
„Was schenken wir Mama zu Weihnachten?"
„Tuppersüsseln."
„Aber das aben wir doch in die letzte Jahr auch gesenkt."
„Dieselo, Tuppersüsseln kann man doch nie genug aben."
„Si, das stimmt Sergio. Gute Idee Sergio."

Es könnte auch Folgendes sein:
„Wie at der AC Milano gespielt Dieselo?"
„Woer soll iche dase wissen? Bin ische Fußballfan? Ische liebe Synchroneswimmen und Ballett.

Obwohl Fußeballer schon sexy sind."

„Swuchtel."

„Danke Bruder."

Sergio fuhr wie ein norditalienisches Trüffelschwein und Diesel durchstöberte mit seinen fleischwurstdicken Fingern den Boychat auf seinem Handy.

„Biste du sicher, dass wir ier in Wurzeburg richtig sind?" fragte Diesel nach zwei Stunden.

„Iche nix weiß. Seiß Rhön besissene."

Nun kamen sie doch auf die Idee dem beleidigten Tom-Tom Navi mehr Gehör zu schenken und wendeten an der nächsten Autobahnausfahrt.

So wurde es tiefe Nacht, bis sie endlich in Oberniederberg ankamen. Niemand außer dem *Eckemans* Martin war auf der Gasse zu sehen. Also fragten sie ihn nach dem Weg.

Im Haus von Fräulein Lydia war alles dunkel.

„Mamma mia, wie kommen wir in die Seiß Haus rein?"

„Isch weise nichte Sergio, vielleicht wenn wir hier drucken?" Diesel zeigt in Richtung der Türklingel. Sergio klatscht ihm auf die Finger. „Testa di Cazzo. Wir sind Einbrecher, wir klingeln nicht, comprende?" Sergio schlug mit elegantem Schwung die eine Seite seines Sakkos zurück und zauberte ein Hebelwerkzeug hervor, mit dem er spielend die Tür öffnete.

Lydia und der Mann neben ihr schreckten hoch. Nach

erledigter Bettakrobatik waren sie zuvor erschöpft in den Kissen versunken.

Sie schnappte sich aus ihrem Nachtschränkchen eine Taschenlampe und schlich nach unten. Das Treppenhaus wirkte, als hätte jemand den Farbregler auf schwarz/weiß gestellt. Nur das Mondlicht warf ein fahles Licht durch die Fenster und erzeugte lange Schatten an den Wänden. Der Mann hinter Lydia, ein ebenfalls wuchtiger Kerl, griff sich eine Bodenvase, die neben der Glasvitrine mit den lust-spendenden Spielzeugen, die in keinem gepflegten Nut-tenhaushalt fehlen dürfen, stand.

Die Twins fingen an wahllos die Schränke auszuräu-men und veranstalteten ein wildes Chaos. „Porca Puttana, wo at die Madonna del Starda i soldi."

Während sie in der düsteren Stube nach Geld oder ir-gendetwas Wertvollem suchten, öffnete Lydias Bettgeselle die Tür und hob die Bodenvase in Wurfposition. An der Wohnzimmerwand bildete sich ein riesiger Schatten, der bedrohlich auf die beiden zukam. Zu Tode erschrocken, zückte Diesel eine Waffe mit Schalldämpfer, ein leises „pfft" ertönte und die Vase zerbarst in 1000 Teile. Er ver-suchte weitere Schüsse abzugeben, doch das Magazin sei-ner Knarre war leer.

„Haste du keine Munition mehr?"

„Nein, isch abe vergessen …."

„Stronzo!"

„Na immerhin abe iche eine Waffe, due nichte."

„Ritsch-ratsch!" Das Durchladegeräusch einer weiteren Waffe ließ die Twins wie erstarrt stehen. Lydia hatte natürlich schon länger damit gerechnet, dass sie von ihrem Loddel „besucht" wird und sich vorsorglich eine handliche Walther PK380 beschafft.

„Nehmt eure Flossen hoch, ihr Idioten, oder meine kleine Freundin hier bohrt euch ein zweites Loch in den Arsch." Wie vom Blitz gerührt, der Tarantel gestochen und vom Teufel gejagt, also in dieser Reihenfolge, ließen die *Schissbüddl*-Twins alles fallen, rannten Hals über Kopf aus dem Haus und verschwanden in der Dunkelheit.

Lydia schaltete das Licht an und sagte zu ihrem männlichen Gast:

„Was stehst du hier noch rum, renn denen nach und hol mir die Deppen!"

„Willst du nicht die Polizei anrufen?"

„Nein", erwiderte Lydia, „Ich weiß, von wem die geschickt wurden. Die mach ich fertig."

Der Mann ging nach oben, zog sich die Klamotten an und nahm dann die Verfolgung auf. Da er kein losfahrendes Auto gehört hatte, durchsuchte er zunächst den Garten. Dann setzte er sich in sein Auto und fuhr in die regnerische Nacht.

Omas Plan – Phase eins

Ich begleite meinen Kumpel Manfred bei dessen schwerer Aufgabe den Erstkontakt herzustellen. Gerade wenn es um den wie auch immer gearteten Kontakt zu Frauen geht, müssen wir *Buideonklz* zusammenhalten.

Aufgeregt steht er vor Lydias Tür. Ich verstecke mich hinter der kleinen Gartenmauer und solidarisiere mich aus der Ferne mental mit meinem Kumpel.

Lydia öffnet in ihrem wallenden „Arbeitsanzug" die Tür.

„Na, wen haben wir denn da?"

„Illich senns, de Kônsfred ... äh Mansbich ... also de Kônsbichs Manfred."

Er schiebt die Ärmel seiner Jeansjacke vor und zurück. Das macht er immer, wenn er nervös ist. Wenn ich Psychiater wäre, würde ich das als Kompensation der eigenen Nervosität durch Zuppeln an Jackenärmeln bezeichnen. Am Fußballplatz oder beim Dartspielen beim Oberwirt hat er die gleiche Marotte. Wenn jemand mal in Oberniederberg einen Mann mit abgewetzten Ärmeln sieht, dann ist das *de Kônsbichs* Manfred.

„Warum denn so nervös? Ich beiße dich nicht, es sei denn du kleines Ferkel stehst drauf."

In Manfreds Augen erscheinen Fragezeichen.

„Bé meinsde?"

„Na komm erst mal rein, mein Süßer."

Manfred dreht sich noch einmal hilfesuchend nach mir um, ich hebe den Daumen, um ihm Mut zu machen. Es sind die Details, die eine Freundschaft ausmachen. Dann verschwindet er im roten Schlund des Sündenhauses. Bumms. Also die Tür … bumms.

„Ich komm wäche dim Schtromzählô."

„Na das ist ja mal ne originelle Anmache, mein Hase", sagt Lydia und öffnet den Spalt ihres *Fläädschômaandls,* sodass ein scheinbar endlos langes, etwas in die Jahre gekommenes, aber immer noch ganz passabel anzuschauendes Bein hervorlugt.

„Leck mich ôm Oarsch", denkt sich Manfred, nachdem seine Blicke wie Magneten gegen das weibliche Fahrgestell klacken.

„Dô stimmt äbbes net."

„Wie bitte? Gefallen dir meine Beine nicht?"

„Nää, äähh ich mein doch, also…"

„Du musst dich schon entscheiden, mein Sugarboy."

„De Zeichô … also dé Zeichô vom Zählô, ich well soar, dôs Deenk bôs sich so dreht, dôs hängt."

„Wie putzig … bei mir hat ein Zeiger noch nie lange gehangen."

Er spürt, wie die Pulsschlagader an seinem Hals so heftig wirbelt, wie der Trommel- und Fanfarenzug des Karnevalvereins „Schluck auf" beim Einzug des neuen Prinzen.

„De Wert ... also dé Zôhle ... ess könnt gesei, dess gesei könnt, dess dé net so rechdich ... un dô mösst ich emô guck."

„Na Sweety, wenn du den blöden Zähler lieber streichelst als mich, dann bitte. Du weißt ja, wo er ist."

Lydia ließ ihn gewähren und beschäftigte sich mit dem Lackieren ihrer Fußnägel.

Omas Plan für die Phase eins ist folgender: Manfred soll den Hebel des kleinen Seitenfensters im Keller öffnen, das Fenster selbst aber geschlossen lassen. Am folgenden Tag sollen Manfred und ich dort einsteigen und die Suche nach dem roten Buch beginnen.

Manfred vergewissert sich, dass Lydia abgelenkt ist, geht in den Keller, erfüllt seine Aufgabe und kommt nassgeschwitzt wieder nach oben.

„So, ferdich. Ôlles in Ordnung."

„Das war ja wohl ein Quicky. Schade, Mausebär. So ein starker Mann mit RhönEnergie. Rrrrr."

Beim Gurren formt sie ihre Hand wie eine Katze, die nach einer Maus greift. Die Ton in Ton mit Fußnägeln und Lippen abgestimmten Krallen wirken bedrohlich.

Aus Manfreds Lippen kommen nur ein gequältes Lachen und ein *„Jô genau. Machs schöh good."* Dann nix wie weg da.

Omas Plan – Phase zwei

Für die am folgenden Tag angesetzte zweite Phase trifft sich die Oma-Habersack-Gang wieder beim Oberwirt.

„Also uffgebasst!...“, ergreift meine Oma das Wort und läuft während der Lagebesprechung wie ein Feldwebel auf und ab. Dabei stützt sie ihre Hände in die kittelbeschürzten Hüften.

„Mir genn jetz ôlles nochemô genau durch, dess jô nüscht verkoahrt leift.“

Sie hat die mit gelbem Kunststoff ummantelte Wäscheleine aus ihrem Vorgarten abgehängt und zwischen den Stützpfeilern der Empore im Saal aufgespannt.

Aus dem Klammerbeutel, den sie vor Jahren selbst genäht hat und der einem oberbayerischen Dirndl nachempfunden ist, fischt sie einzelne Wäscheklammern heraus und hängt selbst angefertigte Skizzen vom Einsatzort auf.

„Zuerscht werd die Gruppe Schdäggehöbbô aktiv.“

Für ihren Plan macht sich Oma die Tatsache zu Nutze, dass Fräulein Lydia sich schon das ein oder andere Mal der Turnfrauenriege angeschlossen hatte. Schließlich ist ihr Körper ihr Kapital und muss in Form gehalten werden. Da es in Oberniederberg kein Fitnessstudio gibt und sie für das Seniorenturnen zu jung ist, bietet diese Gruppe die einzige Möglichkeit sich sportlich zu betätigen.

Die Aufgabe der Turnfrauen ist es also Lydia zu einem schnell von Oma erfundenen Nordic-Night-Walking zu überreden. Bei dem weltweit ersten Event dieser Art werden die acht strammen Damen sechs bis sieben Kilometer durch den dunklen Wald walken, lange genug, um den Job in Lydias Haus zu erledigen. Um dem ganzen einen Eventcharakter zu geben, werden sie von Fackelträgern begleitet. Oma konnte die Jugendfeuerwehr für diese Aktion gewinnen.

„So bé dôs Paket ess Huis verlôsse hôt", sie sagt Paket, weil sie das in einem Tatort aufgeschnappt hat, meint aber eigentlich Lydia, *„schliche sich de Franz un de Kônsbich nie un söche dôs Booch. Dé drei Marias un ich behalle ôlles im Blick. De Grillo hôt ôns von de Feuôwehr so Nieschwatzköasderé organisiert. Bann äbbes uisôgewöhnliches dezwösche kömmt mälle mir ôns."*

Die restlichen Mitglieder des *Buideonklzclubs* bekommen Beobachterjobs und müssen sich entlang der Waldstrecke verstecken, damit Lydia keinen Verdacht schöpft.

Ess Bummsé hinter der großen Eiche am Waldweg, *de Katzeschieß* beim Jakobus-Bildstock, *de Bömbels Erich* hinter dem Schuppen am Galgenacker und *de Bröggeschôsdesch* Timo am Ortseingang neben dem Altkleidercontainer. Ewald und *Eckemann* sichern die Hauptstraße ab.

„Dômit ihr net so zabbelich seid, krecht jedô ä boar sälwôgemoaichde Baldriandrobbe vom Pössdesch Marieche."

Wie sonntags in der Kirche während der Kommunion stellen wir uns in Reih und Glied auf und *dé Dritzevertze* Maria verteilt die Tropfen.

„Maul auf und rrrunter damit."

Der widerliche Geschmack der bitteren Medizin aus Mariechens Giftküche bringt die Schindeln unseres Gaumendaches zum Bersten. Sie schluckt sich wie Stacheldraht und setzt die Speiseröhre augenblicklich in Flammen.

„Dôs ess gesônd", sagt Oma und schiebt noch ein fürsorgliches *„Un ziert ä Kapp oh, ess ess köhl duisse!"* hinterher.

Dé Schloarbäddese Christel, die Trainerin der Turnfrauen, meldet sich zu Wort: *„Paula, ich hônn bei de Lydia ohgerôffe un dé macht hütt Ômnd mit."*

„Leift! Oma Habersack mag das", lobt Oma und hebt den Daumen, als hätte sie einen Facebook-Post kommentiert.

Es gibt, außer der Entlastung für *ess Schnietzé,* noch einen anderen Grund, weshalb die Damen so bereitwillig mitmachen.

Insgeheim hoffen einige einen Blick in das ominöse Buch zu werfen oder von Lydia Hinweise zu bekommen.

Mancher Mann hatte aus diesem Grund nur mit Magenschmerzen dem Paula-Habersack-Plan zugestimmt.

„So jetzt gett jedô uff si Position un öm halwô oaicht getts los."

Eskalation

Der Teufel macht sein Spiel.

Nach einer weiteren geharnischten Familienaufstellung durch G-Eye machen sich just an diesem Tag auch die Safinis wieder auf den Weg in die Rhön. Länger konnten sie diesen Job nicht mehr vor sich herschieben, denn dem selbsternannten Bordellier riss heute der Geduldsfaden.

„Letzte Warnung. Wann ihr widdä ohne die Knete zurückkommt dann...krrk!" G-Eye droht mit der Halsabschneider-Geste. Seine geschlitzt dekorierten Augen wirken heute noch schlitziger und lassen keinen Zweifel an seiner festen Absicht. Der Druck auf die beiden ist also enorm. In Rhöner Platt würde ich deren Situation so umschreiben: *„Dääne guckt de Kupfôschdift hengeruis."*

Von der unmissverständlichen Ansprache ihres Bosses eingeschüchtert, fragt Diesel während der Fahrt:

„Sergio, wase wirde der Boss mit unse machen?"

„Wase glaubste du? Wir werden lernen swimmen mit die Beton an die Fuße. Pezzo di merda."

Diesel packt depressiv ein mobiles Blutdruckmessgerät aus, klettet es sich um den Arm und misst. In der Woche vorher hatte er wegen Pulsrasens einen mit der Familie befreundeten Arzt aufgesucht.

Sind Ganoven eigentlich krankenversichert? Wieder eine von diesen interessierte-auch-Goethe-nicht-Fragen.

„Bei welcher Kasse bist du?", wollte der Arzt wissen. „Nessuna Idea. Mama macht das für uns."

„Ja, aber du musst doch wissen ... AOK - TK - Barmer - GEK?"

„GEK kenn isch, glaube isch."

„Ah, Ganoven-Ersatz-Kasse", witzelte der Doktor.

Diesel bestätigte höflich lachend, denn in seinem Giotto-Gehirn ergab das einen Sinn.

„Wenn du nicht aufpasst, wirst du wegen Übergewichts im Alter Probleme bekommen. Du musst abspecken."

Auch das war offensichtlich, denn der viel zu enge Armani wirkte an ihm wie ein *Oarm-Männé*-Anzug.

„Hast du schon mal über eine berufliche Veränderung nachgedacht? Vielleicht Kleinganove?" Wieder muss der Dock, über seinen eigenen Witz lachen. „Auf jeden Fall musst du jede Aufregung vermeiden."

Das ist natürlich in dieser Situation ein schwieriges Unterfangen. Diesel macht während der Fahrt Atemübungen zur Musik von ... sie wissen schon. Sergio fährt dieses Mal zielgenau via Oberniederberg, doch auch er hat ein mulmiges Gefühl in der Magengrube. In gepflegtem Italienisch flucht er leise vor sich hin: „Vai a farti fottere ...!"

—

Hinter der alten Eiche hat es sich *ess Bummsé* in einem Campingstuhl bequem gemacht. Seine Mama hat ihn mit einer Lunchbox versorgt, damit der arme Junge nicht auf sein Nachtessen verzichten muss. Er ist gerade dabei die Pelle von einer dicken Scheibe Schwartemagen abzuschälen, als er den Schein der brennenden Fackeln entdeckt. Hastig versucht er mit seinen Fettfingern das Walkie-Talkie einzuschalten, aber es flutscht ihm wie ein Stück Seife aus der Hand. Nachdem er seine Hände am Hosenbein abgestreift und sich mit seiner enormen Masse gebückt hat, um das Gerät auf dem dunklen Waldboden zu finden, spricht er: *„Alte Eiche röfft Headquarter. Alte Eiche röfft Headquarter."*

„Hier Headquarter", antwortet Oma.

„Dé Turnfraue senn grôd ôn mir vorbei gemoaicht."

„Ôlles kloar Bummsé."

Die Damen waren verspätet losgelaufen, da Lydia noch Herrenbesuch hatte. Nachdem der Mann mit einem großen Koffer das Haus verlassen hatte, klingelte die Trainerin an Lydias Tür. Sie öffnete und schloss sich in ihrem eng anliegenden Sportdress der Fackelgruppe an. Auch die anderen hatten sich in ihre Sportpellen gezwängt, als ginge es um Germanys next Nordic-Walking-Model.

Das Headquarter ist im Hühnerstall der *Dritzevertze* Maria untergebracht. Der fundamentale Unterschied zu einem bekannten Kinderlied besteht darin, dass meine Oma im Hühnerstall nicht Motorrad fährt, sondern einen Einbruch plant. Je öfter ich darüber nachdenke, umso verrückter klingt es und die Motorradversion dieses Liedes wäre mir im Moment lieber.

Der Stall ist direkt an der Grenze zu Lydias Grundstück und bietet durch die Hühnerluke eine ganz passable Sicht auf das Zielobjekt.

„Lanzelot, ihr könnt jetz nie ins Huis. Lanzelot? Lanzelot, kommen. Herschôcknôchemô Franz hörschde net."

„Ach du meinst mich?"

„Jô kloar, bäh de sonst?"

„Ôlles kloar, mir genn jetz nie."

Manfred öffnet das kleine Fenster und wir schlüpfen hindurch. Zuerst nehmen wir uns den Keller vor. Hinter der ersten Tür finden wir einen weiß gekachelten Raum mit Heizkessel, Waschmaschine und Trockner. Es duftet nach frisch gewaschener Wäsche und auf einem klappbaren Wäscheständer hängen Lydias briefmarkengroße Dessous zum Trocknen. Wieder habe ich mein Kartoffelsalatweihnachtsdilemma vor Augen.

„Manfred, ich soarn dir eins, dé Läbbôré sern ôn däre uis bé en iegtröggelde Zwernsfôde zwösche Wasserkupp un Melseburch. Hé guck - dé Waschanleidung ess grössô bé dé Öngôhos."

Ich muss schnellstens versuchen diese Bilder aus dem Kopf zu kriegen.

„Klänne Höng, klänne Höng, klänne Höng", murmele ich vor mich hin.

„Hä?"

„Ach, nüscht."

Im Vorratskeller stehen Gartengeräte, Regale mit prähistorischem Eingemachtem und ein Hometrainer. Ich habe es nie verstanden, warum Menschen sich sowas zulegen. Hometrainer sind doch Monumente versagender Selbstdisziplin. Alljährlich nach Weihnachten werden diese radlosen Gesellen von den Discountern mit den vier Buchstaben hämisch zum Kauf angeboten, nachdem die gleichen Geschäfte das Volk über die Feiertage gemästet haben. Dann werden sie zwei-dreimal benutzt, bevor sie als Kleiderablage missbraucht oder zum Einstauben den heimischen Kellern überlassen werden.

„Dé Dengô senn doch de grösst Blödsinn bos gitt", flüstere ich. *„Du hängst dô druff bé de Aff uff'm Schliffschdei un kömmst känn Medô vürone."*

„Dô hôsde rächt. Ich hônn au so ä Dénk dehei, dô hänk ich noaichts dé Öngôhos droh", antwortet Manfred.

„Vielen Dank, dess du so intime Einzelheide mit mir deilst. Klänne Höng, klänne Höng, klänne Höng."

Spätestens jetzt bin ich froh, dass ich nie einen Hometrainer besessen habe, aber dafür besitze ich das zweithäufigste Gerät, dass unsere Generation in den heimischen Gewölben vergammeln lässt. Das Akkordeon. Jener hässliche grüne Kasten, den wir als Jugendliche durchs Dorf schleppen mussten, um von Frau Malolepski im Unterricht gequält zu werden. Die Steigerung von Hohn ist Hohner. Die Firma Hohner hat es tatsächlich geschickt hinbekommen den Eltern meiner Generation einzureden, dass Kinder, die Akkordeon lernen, später intelligenter sind als andere. Ich habe es gehasst und nach meiner Pubertät nie wieder angefasst. Vermutlich sind die darin liegenden Noten vom Schneewalzer schon zu Staub zerfallen.

Als nächstes fällt mir in diesem Raum die leere Kartoffelkiste auf. *„Ich hätt noch en Sack dehei.“*

„Bôs?“, fragt Manfred.

„Kadôffl, ich hätt noch en Sack Kadôffl dehei.“

„Hôst du se noch ôll, mir bräche hé ieh un du dänkst oh Kadôffl? Jetzt konzentrier dich emô.“

—

Die Sportkolonne hat jetzt den alten Bildstock passiert. *De Katzeschieß* hat sich tagsüber seinen MP3-Player mit Musik von Ernst Mosch bespielt und singt jetzt lautstark „Drei weiße Birken“ vor sich hin.

„Was ist denn das für ein schräger Vogel?“, fragt Lydia ihre Mitstreiterinnen und wundert sich über den nächtlichen Sänger.

„Ach, dôs ess de Katzeschieß, dää übt immô noaichts hé im Waald sie Egerländer-Mussik“, antwortet *dé Schloarbäddese* Christel verlegen.

„Tse, ist das strange.“ Scheinbar hat sie keinen Verdacht geschöpft und hält *de Katzeschieß* nur für einen subfontanell schlecht ausgerüsteten Dörfler.

„Katzeschieß röfft Hünnôschdall, dé Fraue senn ewe ôm Beldschdook vorbei gerônn.“ Er hat gar nicht mitbekommen, dass seine Tarnung aufgeflogen ist.

„Verschdanne Katzeschieß.“

—

Die dritte Tür trägt in kursiver Schrift die Initialen SM.

„Gummô hé – SM – bôs hôtt´n dé mit Schmalkalden ze dônn?"

„Vielleicht kömmt dé vo dort."

„Ich doaicht dé köm uis Frankfurt?"

„Kei Ahnung."

Wir schalten das Licht an und entdecken die seltsamsten Vorrichtungen. Ein Kreuz, eine Schaukel, ein Käfig und ein Regal mit Lederklamotten und Gasmasken.

Manfred und ich blicken uns fragend an.

„Sert uis bé in däm Foltermuseum in Rothenburg ob der Tauber. Dô woarn mir doch emô mit em Mussikverei."

Ausgerechnet jetzt muss ich an meine Tante Adele denken…

Das Geburtstagsgeschenk

Die gute Seele hat den inneren Drang anderen Menschen immer eine Freude machen zu müssen.

Besonders über Geburtstagsgeschenke für ihre Lieben macht sie sich wochenlang Gedanken, doch leider hat sie dabei nicht immer ein glückliches Händchen. Nie vergesse ich meinen Fünfzigsten.

Dummerweise hatte ich ihr ein paar Wochen vorher von meiner heimlichen Leidenschaft für Science-Fiction-Filme erzählt. Man mag es einem Landwirt aus der Rhön nicht zutrauen, aber ich kenne alle Folgen von „Raumschiff Enterprise" auswendig und die Transformers sind mittlerweile meine gefühlten Duzfreunde. Manchmal träume ich davon, wie sich mein alter Lanz-Bulldog in Optimus Prime verwandelt und mein Industriestaubsauger in R2D2, den kleinen fahrbaren Mülleimer aus der Star-Wars-Saga.

Voller Stolz kamen Tante Adele und Onkel Bernward mit einem Geschenk unter dem Arm zum Geburtstagskaffee.

„Ach Fränzche, ich bin ja *ä aal Frau un* mit dem … *ähh … Seinsfick-Zeuch tu* ich mich *net auskenne.* Aber ich wollt dir halt *ä Freud mache un hab* jeden *gefracht wo mô so äbbes* kann *kaufe. Hä-ä. Die Bummse Moarré hat mir dann erzählt, dess ess* in *Fuld* ja sogar *ä* Fachgeschäft *dadefür tut gebe.*"

Während sie das sagte, funkelten ihre Augen in Vorfreude über ihren garantierten Überraschungscoup.

„Da gabs doch in *de Sechzicher ema so ä* Serie im Fernsehn, mit dem Dietmar Schönherr. *Hä-ä.* Die hat *gehiese:* Raumpatroullie ORION."

Besonders bei dem Namen Dietmar Schönherr röteten sich ihre in die Jahre gekommenen Wangen und das *„hä-ä"* erfüllte sich mit noch mehr Wärme.

„Also, bin ich mit´m Bernward nach *Fuld gefahrn.* Da gabs schöne Sache in dem ORION-Lade. Aber das *is* mehr *äbbes* für *junge Leut. Hä-ä.*

Ich hab *garnet* gewusst, was *mô* in so *em* Raumschiff alles *tut brauche.* Allein die Damenoberbekleidung. In dem Weltraum muss es warm sein. Bei mir *däde da* die Schlüpfer *unne raus gugge.*"

Bei diesem Satz lachte Tante Adele, als hätte sie einen unanständigen Witz gemacht.

„Un die Herrenkonfektion *erscht ...* Also im Fernsehn damals bei *de* Apollo *hadde* die Männer *net so* viel Gummi *angehabt.* Das tut *de* Haut *net* gut tun. *Hä-ä.* Für *mein Bernward hab* ich aber eine von *dene schöne Unnerhose mitgenomme.* Die war *net billich,* aber für *ihm sei* Inkontinenz *iss* Leder einfach viel besser. *Hä-ä.*"

Ich kann es bis heute kaum glauben, aber die Art und Weise, wie Tante Adele das erzählte, klang es tatsächlich plausibel. Doch die Vorstellung, wie Onkel Bernward samstags nach dem Baden im Ledertanga vor dem Fernseher die Tagesschau anschaut und Salzstangen knabbert, bekam ich wochenlang nicht mehr aus dem Kopf.

„Aber die Spielwarenabteilung *is* der Wahnsinn. Da gabs *Sache ... Handschelle, Peitsche, weiste,* wie mir *se* Früher für die *Küh hatte,* halt in rosarot. Bunte, so aufgewickelte Luftballons gabs *au,* da hab ich gleich *ä* paar für die *Kinner mitgenomme. Un Bubbe hatte se au,* so aus Plastik, wenn *de* die *tust aufblase, mache* die *en* Mund als *däde se* Ooooh du Fröhliche *singe.*

Un dann die Raumschiffe ... in *alle Grösse.* Mit Manschaftskabine *un* ohne, durchsichtige *un au* welche, die so elektrisch *tun vibriere.*

Da *hab* ich dir eins *devon* mitgebracht. „Big Jim" tut das heiße. *Hä-ä.* Die Verkäuferin hat so freundlich gelacht. Ich *glaub,* die hat`s toll *gefunde,* wie *mir aale Leut* so moderne *Sache tun kaufe. Packe ses* ein, des *iss* für mein Neffe Franz Habersack, vielleicht *kenne se* den ja, der tritt *manchma* sogar in *de Fulder Foaset* auf. *Hä-ä.* "

Ich löste die selbstgebastelte, rot/gold gestreifte Schleife, wickelte das Geschenk aus dem bunt geblümten Geschenkpapier, öffnete den länglichen Karton und bin seitdem Besitzer eines schwarzen Vollgummidildos.

Eskalation zwei

Am Galgenacker wartet *de Bömbels Erich* und raucht eine Kippe nach der anderen. *„Hätt ich nur mi grôss Klapp gehalle"*, brabbelt er vor sich hin. Aber so ist er und so war er schon immer. Er gibt gerne den Helden. Nachdem niemand der Anderen an diesem zwielichtigen Ort Posten beziehen wollte, hatte er sich ganz männlich gemeldet. Nicht ohne ein verächtliches „Memmen" in die Runde der Routenwächter geworfen zu haben.

Doch auch für Erich ist es ein Unterschied, ob er hinter seinem Tresen saure Gurken und Stricknadeln verkauft oder hier an dieser gespenstischen Waldlichtung, mitten in der Nacht, an Stöcken hopsende Frauen beobachtet.

Es ist ein wirklich schauriges Plätzchen. Jetzt im Herbst, da die Blätter schon zum großen Teil herabgefallen sind, wirken die nackten Bäume wie Skelette und es fühlt sich an, als hätte der Wald Augen.

Jedes Rascheln oder Knacken aus dem feuchten Unterholz lässt ihn zusammenfahren.

Wie der Name es schon andeutet, war der Galgenacker im Mittelalter Hinrichtungsplatz für Verbrecher, deren armselige Leiber an dieser gottvergessenen Lichtung am Strick baumelten, bis die Raben ihnen die Augen ausgekratzt hatten. Wie die Ortsbücher erzählen, wurden hier auch Hexen verbrannt.

Wer weiß, vielleicht treiben die Geister der Untoten ja noch heute ihr Unwesen hier. Die Rhön ist ja voll mit solchen Gruselgeschichten.

Im Sommer bei Vollmond zieht sich *ess Pössdesch Marieche* gerne hierher zurück, *„...öm Kontakt mit de annôre Wält ufzenahme“*, wie sie selbst mit geheimnisvoller Stimme erzählt. In meiner Jugend galt es als Mutprobe sie dorthin heimlich zu verfolgen. Ich kann mich noch genau an die Nacht erinnern, in der *de Eml* und ich ihr nachgeschlichen waren. Geschickt wie Winnetou und Old Shatterhand waren wir ihr auf den Fersen, doch in der Nähe des Jakobus-Bildstocks verloren wir sie aus den Augen. Doch wir gingen mutig weiter. Nie vergesse ich das seltsame Leuchten des Galgenackers im Schein des Vollmondes und den Geruch nach moderigem Holz. Die Dorfhexe jedoch war wie vom Erdboden verschluckt.

„Bo esse hie?“

„Nujô“, kam es achselzuckend *vom Eml*.

„Dé Mama hôt gesoart, bann mô mitm Deifl daanzt, werd mô unsichtbar.“

„Nujâ.“

Plötzlich hörten wir Geräusche.

„Psst, Eml dô ess äbbes.“

„Nuja“, war seine ängstliche Antwort.

„Dô in de Hött, hörscht ess net?“

„Nujô.“

Aus der kleinen Hütte am Rand des Galgenackers kamen seltsame murmelnde und gurgelnde Geräusche. Ein Ächzen und grauenhaftes Stöhnen. Noch heute bekomme ich eine Gänsehaut, wenn ich daran denke.

„Jetz hôt ôns de Deifl ôm Schlafittche - nüscht bé fort hé."

„Nujô!"

Emil und ich nahmen die Beine in die Hand und rannten so schnell es ging nach Hause, Bettdecke über den Kopf und am Freitag zur Beichte.

Später stellte sich heraus, dass es die Popphütte vom alten Wingenfeld war, der mit einer Frau aus Unterniederberg hier – über der Liiinie – Schäferstündchen abgehalten hatte. Die Sexgeschichten von Opa Wingenfeld nehmen der Aura dieses Ortes allerdings nichts von ihrer Mystik und so beschleicht auch *en Bömbels Erich* ein beklemmendes Gefühl.

Als sich der Fackelschein der Nordic-Walking-Amazonen am nächtlichen Himmel abzeichnet, schaltet er erleichtert sein Walkie-Talkie an.

Mit einer Stimmlage, als würde er den Opener zu einem Edgar-Wallace-Film sprechen, sagt er:

„Achtung, Achtung! Hier spricht der Galgenacker. Das Paket ist in Sicht."

„Roger", antwortet Oma.

—

Auch sie wird langsam etwas nervös, denn eigentlich sollten wir längst das Buch gefunden haben und wieder in Sicherheit sein.

„Lanzelot, bitte kommen. Bé serts uis? Kommt emô in dé Höpp."

„Oma ... äähhh Hünnôschdall, mir hônns im Kählô net
fônge un genn jetz nuff ins Wohnzimmô."

Noch liegen wir in der geplanten Zeit und wenn wir das
Buch bald finden, schaffen wir es rechtzeitig wieder raus.
Doch es erwartet uns eine böse Überraschung.

—

Die Nordic-Night-Walkerinnen sind richtig im Schwung
und erreichen den Ortseingang schon vor der geplanten
Zeit. Hinter dem Altkleidercontainer ist *de Bröggeschôs-*
desch Timo selig eingeschlafen. Er hatte heute wieder
Frühschicht und wegen der Buchaktion auf sein Mittags-
schläfchen verzichtet. Das lange Stillsitzen sowie die kühlen Temperaturen dieses Herbstabends gaben ihm den
Rest und der Körper fordert seinen Tribut. Mag sein, dass
die drei Flaschen Bier, die er während der Wache geleert
hat, auch nicht ganz unschuldig an seinem Schlafbedürf-
nis sind.

„Hünnôschdall röfft Ortseingang. Ortseingang, bitte
kommen."

Oma hat ein ungutes Gefühl, weil sie nichts von Timo
gehört hat.

Aus tiefem Schlaf erwacht, nimmt *de Bröggeschôssdô*
sein Funkgerät: *„Hünnôschdall, hé ess ôlles schdell. Wiet un*
breit kei einzich Fackel ze sern."

Der Tross hat zu diesem Zeitpunkt längst unbemerkt
den Container passiert und nähert sich nun ohne Vorwar-
nung dem Lydia-Anwesen.

—

„Lanzelot röfft Hünnôschdall. Melde Vollzug. Mir hônns fônge."

„Dann nüscht bé ruis dô."

Nach einem gefühlt unendlichen Durchwühlen der Regale im Wohnzimmer haben wir das geheime Machwerk hinter einer geschnitzten Indischen Götterfigur entdeckt.

Für den Rückweg müssen wir wieder durch den Keller und versuchen das Fenster zu öffnen, das wir beim Einstieg aus Unachtsamkeit geschlossen hatten. Manfred legt vorsichtig den Fensterhebel um, plötzlich ein ohrenbetäubender Lärm. Ein sirenenhaftes Dauerhupen und oranges Warnlicht. Rund um das Haus gehen Flutlichter an, so dass alles taghell erleuchtet ist.

Dummerweise war der Mann, der vorhin aus Lydias Haus kam, kein Freier, sondern Monteur der Firma Elektro-Trossbach, die sich auf die Installation von Haussicherungsanlagen spezialisiert hat.

„Mir senn im Oarsch", sage ich zu Manfred.

Just in diesem Moment erreicht auch die Frauengruppe Lydias Haus.

„Scheiße, was ist hier los?", schreit Lydia panisch. „Ruft die Bullen, da ist jemand im Haus."

Den Sportstab wie eine Keule in der Hand schwingend schließt sie vorsichtig die Tür auf. Manfred und ich nehmen die Hände hoch.

„Net schess!", rufe ich.

„Was macht ihr in meinem Haus, ihr verdammten Saubauern…"

„Also, ess ess net so bés …"

Mein Erklärungsversuch wird durch das Dröhnen eines
Fahrzeugs unterbrochen.

Die Safinis kommen in ihrem italienischen Flitzer an-
gerauscht und treten beim Anblick der Menschenansammlung voll in die Eisen. Die Reifen schmirgeln über
den Asphalt, kleine Schottersteinchen fliegen, von den
Profilen aufgewirbelt, wie Geschosse durch die Luft und
der Alfa Romeo kommt einen Millimeter vor dem Gartenzaun zum Stehen.

Im Hühnerstall erfasst Oma blitzschnell die Misere und
ruft in ihr Walkie-Talkie: „Maria breit den Mantel aus."

Mit diesem Codewort löst sie Plan B aus.

Dé Dritzevertze Maria weiß, was jetzt zu tun ist, und fa-
ckelt nicht lange. Mit einem von innen beleuchteten Run-
kelkopf, mit dem sie am Wettbewerb teilgenommen hatte,
gibt sie der freiwilligen Feuerwehr vom Küchenfenster aus
das Zeichen.

Aus den Seitengassen kommen jetzt sämtliche Wehr-
fahrzeuge der freiwilligen Feuerwehr Oberniederberg.
Der Lanzclub pötzt mit seinen schweren Bulldogs nach
und versperrt die Straßen, so dass die Zwillinge nicht
mehr fliehen können.

„Dritzevertze – hol die Lahkôche", spricht Oma ins Funkgerät. Sie hatte zwar für unvorhersehbare Zwischenfälle

vorgesorgt, aber nicht mit einer solchen Eskalation gerechnet.

„Verdammte Scheiße, was ist hier eigentlich los?" Lydia
ist verständlicherweise außer sich.

*„Iiiich, also mir, mir senn, mir hônn, be soll ich, also dôs
ess so. Ess ess net so bés ... also, verschdessde ... Jetz kömmst
du!",* lautet meine glasklare Antwort.

Die Safinis sind dieses Mal besser vorbereitet. Sergio
packt seine Schnellfeuerwaffe aus und rattert eine Salve in
die Luft. Beißender Pulverdampf schwebt wie eine Wolke
über den Gartenzaun.

Unter wildem Schreien werfen sich alle auf den Boden.

„Maledetto, Poca puttana. Altet eure Snauzen."

Auch Diesel hat eine Wumme in den Händen. Sein Puls
ist auf 210. Wie in den meisten Dingen ist er auch im Um-
gang mit Waffen völlig ungeschickt. Seine Augen drehen
sich und er steht kurz vor einer Ohnmacht. „Sergio, mir
wird swindelich?", jammert er und richtet in seinem Dusel
die Waffe auf ihn.

„Pass doch auf, Stronzo." Sergio klatscht ihm auf die
Glatze.

„Wer von die Ragazzas ist Lydia?"

„Woer soll ische dase wissen? Isch abe sie nie gesehen,
damals war es dunkel in die Aus. Wer von Euch iste die
Nutte?", brüllt Sergio und droht der Menge in Maffia-
Manier.

Die verzwickte Lage der Gangster erkennend, fasst sich *ess Pössdesch Marieche* ein Herz und ruft todesmutig vom Nachbargrundstück: „*Ich senn dé Nutt!*"

Kokett tänzelt sie auf das Grundstück und lupft dabei den langen Faltenrock. Ihre blanken Beine wirken wie die dürren Äste einer zweihundert Jahre alten Buche, die der Borkenkäfer aus Hungersnot verlassen hat.

Von diesem Anblick angewidert brüllt Diesel: „Willste du mische verarschen? Wer von euch iste die Nutte?"

Jetzt marschiert *dê Dritzevertze* Maria unerschrocken im Stechschritt auf das Grundstück, hebt die langen Arme nach oben und stellt sich in ihrer beeindruckenden Größe vor die Gruppe: „Ich."

„*Ich au!*" ruft auch *dé Bummse Moarré* und gesellt sich mutig mit ihrem Medizinballkörper an die Front.

„Ich", schließt sich die *Schloarbäddese* Christel an.

„Ich", ruft die Witwe vom *Häckeschniedô*.

„Ich", ruft Gabriel Förster aus seinem Feuerwehrauto.

Nachdem sich alle Anwesenden solidarisch zur Prostitution geoutet haben, rastet Sergio aus.

Er rattert eine weitere MG-Salve in die Luft und brüllt: „Isch zähle jetzte bis drei. Wenn sisch die Puttana nichte meldet, mach isch eusch alle finito. Drei ... Die Nordic Walking Damen fassen sich an den Händen ... Zwei ... sie schließen die Augen,..."

„Ei..." GNUCK - ein dumpfer Schlag - irgendetwas trifft Sergio am Kopf und er geht bewusstlos zu Boden. „Sergio ... Sergio ...was iste?", fragt Diesel verzweifelt. GNUCK - fällt auch er steif wie eine gefällte Fichte auf den Asphalt.

„Zwackelschützenkönigin 1985, ihr Oarschlöchö", ruft Oma aus dem Hühnerstall und steckt ihre alte Sportzwille in den Gürtel der geblümten Kittelschürze.

In Ermangelung passender Steine, haben somit endlich auch die antiken, zu Glas verhärteten Lebkuchen der *Dritzevertze* Maria ihren Zweck gefunden.

Völkerschlacht
um Oberniederberg

Inzwischen ist der ganze Ort auf den Beinen, um dem Schauspiel beizuwohnen.

Mehrere Polizeifahrzeuge bahnen sich mit Sirenen und flackerndem Blaulicht den Weg durch die Menge.

Kommissar Förster steigt aus dem ersten Auto und schüttelt fassungslos den Kopf.

Auf dem Beifahrersitz reibt *ess Schnietzé* sich die Augen, nicht ahnend, was seine Freunde für ihn hier veranstaltet haben. Die Vorwürfe gegen ihn sind vom Tisch, nachdem Grillo seine Aussage doch noch gemacht hat und *de Eckemann* das bestätigen konnte. Außerdem hat die Gerichtsmedizin als Todesursache eindeutig einen Verkehrsunfall festgestellt, was kleine Lacksplitter in den tödlichen Wunden beweisen.

Für ein paar Sekunden traut sich niemand etwas zu sagen.

Das entstandene Stillleben erinnert mich an das Großgemälde der Völkerschlacht um Leipzig.

Folgende Momentaufnahme wird sich für immer und ewig in mein Langzeitgehirn einbrennen:

Die drei Marias stehen wie Pylonen einer Autobahn-
brücke mit erhobenen Händen im Vorgarten, zwei *Buideonklz* werden von Lydia mit Skistöcken bedroht, ein
italienisches Zwillingspaar liegt niedergestreckt auf der
Straße, Oma steht mit entsicherten Schnellfeuerwaffen
vor dem Hühnerstall, die komplette Försterwehr ist auf-
marschiert, die Lanzbulldogs pötzen durch die Stille der
Nacht und die Turnfrauen knien in viel zu engen Jog-
ginghosen vor dem hell erleuchteten Puff in Oberniederberg.

Jetzt ergreift *Maddes* das Wort und brüllt durch sein
Megaphon die neugierig versammelten Zuschauer an: „Es
gibt hier nichts zu sehen."
    Es ist der beste Spruch, den er je gemacht hat. Seine
Polizeikollegen versuchen die Leute vom Tatort fernzu-
halten.
    „*Iss* das hier eine Stellprobe für den dritten Weltkrieg
oder was? Seid ihr *üwôgeschnappt?*" Trotz des kühlen
Herbstabends treibt es ihm den Schweiß auf die Stirn. Das
Schlimmste für ihn ist, dass seine leibeigene Feuerwehr
ohne sein Wissen aktiv geworden war.
    Die menschliche Enttäuschung spiegelt sich im ersten
Augenkontakt mit Grillo Förster. „Auch du mein Sohn
Brutus." Immer wenn er Sätze aus der Bibel oder der An-
tike zitiert, ist die Lage ernst.
    Doch Gabriel findet die richtigen Worte, um die Sa-
che zu entkrampfen: *„Mir hônn dôs gemoaicht, bos du ôns
beigebroaicht hôst."*

Binnen Sekunden wird die Niederlage des Ortsbrandmeisters zu einem Triumph. Sein Gesicht beginnt zu strahlen, als hätte er wie einst Buddha unter dem Bodhibaum die Erleuchtung gefunden.

Nun gibt er wieder ganz den souveränen Kommissar:

„Gute Arbeit, Männer. *Sô, un jetz well ich wess bôs hé eichentlich los ess. Ännô nochm´m Annôre. Schöh de Reih nôch, bé de Bauô dé Kadôffl esst.*"

Natürlich fangen alle an wild auf ihn einzureden und sein Kugelschreiber flitzt über den Notizblock. Nach einer Stunde beendet er das Geschnatter und spricht:

„Ich fasse also zusammen: Nachdem die am Tröster des Gerd Förster Anwesenden den Kommissar Förster, also mich, der ich in meiner Eigenschaft als Ortsbrandmeister und naher Verwandter des Verstorbenen ebenfalls anwesend war, eingeschläfert hatten, fasste die Dorfgemeinschaft unter dem Kommando von Oma Habersack den Plan, das *rot Böchelé* der Lydia Kanopka zu entführen, um *ess Schnietzé* zu entlasten, welcher in Haft saß, weil er etwas in der Hose hatte, nämlich ein *Schnôppdooch* voll Blut vom *Häckeschniedô*, welcher an diesem Tag Nasenbluten hatte, weil er immer Nasenbluten hatte, wenn er Alkohol getrunken hatte, aber vielleicht in der Nacht daselbst in dem Freudenhaus wegen eines Alibis eingekehrt gewesen sein soll gehabt zu haben ist. Dazu wurden die Fackeln in den Wald geschickt und von den Männern beim Hopsen beobachtet.

Ein Zwillingspaar aus Italien, das wegen einer Lebkuchenallergie kurzzeitig das Bewusstsein verloren hatte und sich deswegen zur Lagerung auf der Straße entschloss, knatterte vorher in die Luft, um ihrem Verlangen nach dem von Lydia geklauten Geld eines Bordellbesitzers aus Frankfurt Nachdruck zu verleihen. Doch Oma Habersack schlug Italien zwei zu null mit einer Zwackel und verhinderte dadurch den Ausgleich. Genau wie die freiwillige Feuerwehr Oberniederberg e.V., die heldenhaft den Tatort abgesichert hat."

Nach diesem Meisterwerk polizeilicher Prosa werden zunächst die immer noch benommenen Safinis abgeführt. Sergio flucht wie immer irgendetwas Italienisches vor sich hin und Diesel zwinkert dem jungen Hilfspolizisten zu, der ihm die Handschellen anlegt.

Die drei Marias ziehen sich auf ihre Beobachtungsposten zurück. Oma richtet ihren Haarknoten und begibt sich erleichtert auf den Heimweg. Oberniederberg kommt langsam wieder zur Ruhe.

Die üblichen Nachteulen allerdings wollen nichts versäumen und bleiben bis zum Schluss.

„Frau Kanopka, wollen Sie Anzeige wegen Hausfriedensbruchs und Diebstahls gegen Franz Habersack und *em Kônsbichs* Manfred erheben?"

„Ach Schatzilein", sagt die Professionelle ganz gelassen, „eigentlich müssten die zwei für immer hinter Schloss und Riegel, aber es sind doch so liebe Dorfdeppen, die ihrem Freund helfen wollten. Lass ma stecken. Ich hab eine andere Idee. Es ist ja bald wieder Weihnachten und da bestehe ich darauf, dass die beiden an Heiligabend ... naja ihr wisst schon. Ein Kartoffelsalat ... zu dritt ... rrrrr."

„Kônnsde ôns net lewô verhaft?", flüstere ich *Maddes* ins Ohr.

Doch er überhört dies bewusst und denkt: „Strafe muss sein."

„Manfred, nu semmô ganz verratzt."

„Ich glei mir mösse zur Kreuzigung nôch Schmalkalden."

„Ich bruch jetz en Schôbbe."

„Ich au", sagt Manfred.

„Ich au", sagt *ess Schnietzé*.

„Un ich erscht" sagen *de* Timo, *ess Bummsé, de Bömbels Erich un de Burchfôchts Olli im Chor.*

Aktion Pluderhose

„Dé Werts hônn schu zoh", sage ich und werfe *em Ecke-mann* erwartungsvolle Blicke zu. „Äwwô – Im grünen Haus da brennt noch Licht, nachhause geh`n wir lang noch nicht."

Eckemann hat den Wink mit dem Scheunentor verstanden und lädt die ganze Bagage zu einem Scheidebecher ein.

Dann *hôcke dé dô, dé immô dô hôcke: Ess Schnietzé, de Katzeschieß, de Bömbels Erich, Grillo, de Burchvôchts Olli, de Eml, de Kônsbichs Manfred.* Selbst Quendolin und Klaus-Dörte finden in dieser Nacht keinen Schlaf und gesellen sich zu uns.

Wieder dreht Madonna im Player ihre Runden, genau wie die Boxbeutel und Bierflaschen auf dem Tisch. Grillo ist kurz nach Hause verschwunden und erscheint später mit einer Kühlbox voller Leckereien.

„Ich weiß net bés euch gett, äwwô ich hônn Hôngô, Ecke-mann pack dinn Grill uis, ich mach ôns ä bôar Wörscht. Für ônso Veggies hônn ich schnäll ä boar Spieße gemoaicht."

Im Nu weht ein herrlicher Duft durch den Türspalt zum Balkon ins Wohnzimmer und wir trösten uns erneut, denn eigentlich haben wir mit unserer Aktion nichts erreicht. *Ess Schnietzé* ist zwar entlastet, aber keiner weiß, was wirklich geschehen war.

„Dé Frankfurdô Maffia woarsch, dé hônn dä oarm Gerd uwôn Haufe gerônn un hônn sich dann abgemoaicht", behauptet *ess Bummsé.*

„Äwwô net mit däm Audo", antwortet de Bruchvôchts Olli, *„dô ess kei Undöadé droh un dé Italienische Bläächkisde däde dôs goarnet uishalle."*

„Irchend eins môss ess doch gewääse sei. Bää fährt de sonst medde in de Noaicht hé röm?"

„Woar net dé Prozess-Anna mit em Audo öngôwääs?", frage ich. *„Däm Luidô trau ich ôlles zo."*

„Ich au!" Em *Schnietzé* schwillt der Kamm, wenn er nur den Namen hört. Immerhin hat sie ihm die Suppe eingebrockt.

„Dôs ess en Feuôdrache un dé hôt ä grôss Gôrsch, äwwô, dé kônn niemôls de Gerd uff dää Schtrohballe geschläppt hô."

„Hier Leute, hört mal zu", ergreift Klaus-Dörte das Wort. „Es gibt noch einen Verdächtigen. Quenni, kannst du dich an den Mann erinnern, der bei unserem Requiem für Gerd am Unfallort war?"

„Ja Hase, natürlich, und du meintest noch, das wär ein Mörder oder Loser."

„Dôs senn jô ganz neue Erkenntnisse. Bé sôg de dää uis?"

„Keine Ahnung, ich hab mir nur seine Socken gemerkt."

„So ein großer, kräftiger mit Sonnenbrille", erinnert sich Quendolin.

Wir gehen alle in Frage kommenden aus Oberniederberg, Unterniederberg und Niederberg durch, aber auf keinen passt das Klaus-Dörtische Täterprofil.

Nach einigen Stunden geben wir das Thema schließlich auf und wenden uns normalen Dingen wie dem grotten-schlechten Fußballspiel von *de Erscht* zu. Dabei verfliegt die Zeit wie nichts und draußen schlägt es von der Kirche bereits sechs Uhr.

„Källe eu Lüüt, ich môss jetz hei un môss dé Köh määlk", sage ich, stehe auf und klopfe auf den Tisch. *„Machts schöh good."*

Klaus-Dörte, der im Schneidersitz auf dem Teppich sitzt, hält mich auf und sagt: „Also ich lehne ja jede Form der brutalen Misshandlung von Kühen in der modernen Milchviehhaltung total ab. Das ist völlig unnatürlich und weder biologisch noch ethisch zu verantworten. Gell."

„Bé kömmst du mir de vür? Misshandelt? Ich glei dir hônn se ins Hern geschesse. Bei mir werd kei Viech miss-handelt. Un uisôdämm - min Hof woar schu biologisch, dô gôbs noch goarkei Biologie. So, jetz kömmst du!"

„Cool down, Fränzchen, ich will dir ja nicht zu nahe treten, aber ne Kuh von heute muss doch dreimal so viel Milch produzieren wie eine Kuh vor 40 Jahren. Ohne ge-netische Veränderungen ist das doch gar nicht machbar."

„Gene? Förz mit Krögge - Bei minne Köh senn goarkei Gene denn. So neumodisch Zeuch bruche dé net. Ich känn dé ôll mit Nome un hônn sogoar ä Beld von de Verona im Schlôfzimmô häänke. Un bann ich mi Rengviechô on dé Määlkmaschine ohschless, dô senn dé glöcklich un schdenn Schlange. Also dôs lôss ich net uff mir setze. Ihr kônnt euch sälwô devoh üwôzeuch, dess mi Diere ess got bei mir hônn."

„Ne, also das ist schon in Ordnung …"

„Nüscht, uis däre Nômmô kömmst du so nemmeh ruis. Do die Schlabbe oh, mir mache ôns sofort los un dann kônnt ihr geguck."

Klaus-Dörte und Quendolin bleibt keine Wahl. Ich nehme sie in den Schwitzkasten und schleppe sie mit in meinen Stall.

Ein einziger Blick in die wunderschönen Augen von Verona genügt und die beiden sind schockverliebt.

„Dass die Kühe auch raus auf die Wiese dürfen, ist voll ok", meint die Biologin, sichtlich bemüht die vorschnelle Aussage ihres Einzigen zu relativieren.

Es sieht so aus, als hätten die beiden noch nie einen Bauernhof von innen gesehen und ihre Kenntnisse über diese Thematik nur von Dr. Google.

Als sie den großen Heuhaufen entdecken, sind sie ganz aus dem Häuschen. Mitsamt ihren roten Pluderhosen werfen sie sich genüsslich hinein und tollen herum. Es erinnert mich an meine Robinson-Crusoe-Zeit und ganz ehrlich, ich hätte am liebsten mitgemacht, aber das würde mir meine Bandscheibe heute übelnehmen. Kurz bevor sie nachhause gehen wollen, helfen sie mir noch die großen Milchkannen zu bewegen.

Es ist höchste Zeit, denn das Milchauto ist gerade vorgefahren.

Als sich die Fahrertür öffnet und der Milchmann aussteigt, wird Klaus-Dörte kreidebleich. Er zieht mich zur Seite und flüstert: „Das ist er, der Mann, der am Unfallort war."

„*Wisst du dir sechô?*"

„Hundert Prozent. Die Schuh/Sockenkombination gibt's nur einmal."

„*Quendolin rôff de Maddes oh und K-D, mir mösse äbbes öngônahm, dess mir dää Drääksack festhalle. Ich hônn au schu ä Idee.*"

Wir beide sprechen uns kurz ab. Klaus-Dörte und Quendolin verschwinden im Stall und ich versuche den Mann in ein normales Gespräch zu verwickeln.

„*Nô, hütt ewenk fröhô hä?*"

„Ja, ging alles schnell heute Morgen."

„*Bo du grôd dô wisst, kônnst du mir emô schnäll äbbes uisem Schdall helf getroar? Dôs ess verdammt schwer.*"

„Klar, bin gut in der Zeit."

„*Hé lang.*"

Er begleitet mich in den Stall und ich schließe hinter uns die Tür.

„Was soll ich helfen?"

Ich packe ihn am Kragen und werfe ihn gegen die Melkmaschine.

„*Ruis mit de Schprôch. Hôst du äbbes mit em Dot vom Gerd ze dônn?*"

„Äh was, äh Sie sind ja völlig durchgeknallt. Lassen Sie mich sofort los."

Quendolin hat sich von hinten angeschlichen und ihm geschickt die Hände hinter seinem Rücken mit dem Kälberstrick festgebunden.

„*Klaus Dörte, mach dé Maschine oh*", sage ich, während ich mit dem Wetzstein bedrohlich eine Sense schärfe.

„Sô Kützé, ess gitt zwää Möchlichkeide: Entwädô du machst ess Muill uff, odô Hose rôb. Dann werd dinn Schnibbedillerich emô ä rechdich Rhönô Säns kännnelänne. Äwwô vürhää kömmsde ôn dé Määlkmaschine. Dé saucht zwanzich Liddô in fönf Minudde. Dô verdrehsde dé Auche, dôss soarn ich dir."

„Fickt euch ins Knie", ruft er mutig und spuckt auf den Boden.

„Bitteschön … bé du wellst. Klaus-Dörte daanz."

Klaus-Dörte beginnt wild mit den Beinen zu schwingen und tanzt mit dem Ansaugstutzen der Melkmaschine an ihn heran. Das wilde wedeln der roten Pluderhose bleibt auch Trump nicht verborgen und genau das ist auch Teil des Plans. Der Pinzgauer Prachtkerl stellt die Nackenhaare hoch und rast mit Wucht auf das rote Etwas zu. Der Stall verwandelt sich kurzzeitig in eine spanische Arena. Geschickt wie ein Torero weicht K-D der herannahenden Dampflok auf vier Beinen aus und Trump kommt kurz vor dem Fremden zu stehen. Nase an Nüstern. Mit feurigen Augen stiert er den zitternden Fremden an, scharrt mit den Hufen und die heiße Luft aus dem Inneren seiner Nebenhöhlen nebelt den Gefesselten ein wie bei einem Hundert-Grad-Aufguss in der Sauna.

„Ihr seid doch verrückt. Bringt die Bestie weg …", bettelt er. Die Angst packt ihn gewaltig an der Gurgel.

„Schwatz odô schiss Buchschtôwe, sonst Pluderhose."

„Mmpfff", schnaubt Trump, als hätte er das Spiel verstanden. Dabei läuft ihm der Sabber aus dem Mund.

„Ok, ok, ich sag euch alles."

„Nô also."

Wir führen den Milchmann aus dem Stall. Im Hof sind bereits *Maddes* und sein Team mit dem Polizeiauto vorgefahren. Mit einer gewissen Erleichterung prasselt alles aus dem Geständigen heraus. Es stellt sich heraus, dass er kein Freier, sondern der Lebenspartner von Lydia ist. Schon seit mehreren Monaten sind sie ein Paar, eine Tatsache, die selbst den drei Marias entgangen zu sein scheint. Beide planten sogar ihre Verlobung und wollten zusammenziehen. Doch daraus wird wohl in den nächsten Jahren nichts.

„Ich fasse also zusammen: Der dringend der Tat verdächtigte Markus Schäfer, der gestand in der Nacht im September nach einem Besuch bei Lydia Kanopka, die wo seine Lebensabschnittsgefährliche ist, auch wenn sie ab und zu ihre Lebenshaltungskosten mit dem professionellen Entladen männlicher Munitionsdepots verdient, von zwei übel riechenden Einbrechern überfallen worden zu sein. Nachdem die Vase barst und Lydia ihre Freundin Walther aus dem Strumpfband gezückt hatte, suchten diese das Weite und er seine Klamotten. Zunächst folgte er den Männern zu Fuß, aber später mit dem Auto. Währenddessen war dichter Nebel aufgezogen und er sah die Augen vor der Hand nicht, aber einen dunkel gekleideten Mann, der ihm vor die Stoßstange rumpelte und dann das Atmen vergaß. In der Überzeugung, einen der ebenfalls dunkel gekleideten Italiener erwischt zu haben, schleppte er den Unlebendigen zur Mahnung auf einen wehrlosen Strohballen, der zufällig des Weges kam. Entspricht das so den Tatsachen?"

„Ja, es tut mir so leid, aber es war wirklich ein Unfall.“

„Das können Sie alles mit dem Haftrichter klären. Abführen!“

Die Polizisten setzen den Täter ins Auto und verschwinden im Dunst dieses Oktobermorgens.

So schließt sich der Kreis im Drama von Oberniederberg. Auf dem Hof und im Dorf kehrt langsam wieder Ruhe ein. Auch die Sonne lässt sich allmählich hinter dem grauen Schleier erahnen.

Noch lange werden wir über die Vorfälle jener Nächte an den Stammtischen und Vereinsabenden reden.

Fräulein Lydias rotes Buch haben wir übrigens nie geöffnet, denn nach der Androhung von Schlägen gaben wir es an jenem Abend freiwillig zurück.

Vielleicht ist es auch gut so. Ich erinnere mich an eine Weisheit meiner Oma: *„Bôs ich net weiß, macht mich net heiß.“* Es gibt wohl kaum ein besseres Schlusswort. Überlassen wir das Geheimnis dem dichten Grau der Rhöner *Quätschenääbl.*

„Sô! Jetzt kömmst du!“

Glossar

	wörtlich übersetzt	Beispiele / Umschreibungen / Bedeutungen
Aank	Genick	Ess ziert mich in dé Aank. / *Ich hônn ä schdief Aank.* – Ich habe ein steifes Genick.
äbbes	etwas	Das magische Rhöner Allround-Wort. Siehe „Das Ô"
Ädd	Erde	*Jetz leide öngô de Ääd.* – Jetzt liegt er unter der Erde. / Ein Spruch, der oft nach Beerdigungen gesagt wird.
ännô	einer	*Dôs ess ännô bé kännô.* – Das ist ein Mensch wie kein anderer.
Ärwessôpp	Erbsensuppe	*Ärwessôpp mit Linse, lässt de Bôbbes grinse.* – Es besteht Blähungsgefahr beim Verzehr von Erbsensuppe mit Linsen. (Zitat aus einem Lied der „Pladdestoarn")
beinoahr	beinahe	…auch ballöh
Blähruhr	Blährohr	…altes, brachiales Hilfsmittel zur „Entblähung" von Kühen. / Schimpfwort für Menschen, die sich lautstark artikulieren. / *Halls Muill du ôll Blähruhr.* – Schweig, du Schreihals.
boartsch	klatschen / schlagen	*Ihr könnt jetz geboartsch.* – Ihr könnt jetzt applaudieren. / *Ich boartsch dir ei.* – Ich schlage dich.
Bôbbehuise	Poppenhausen	Ort in der Rhön
Böchewaald	Buchenwald	*Dé erbt fuchze Hektar Böchwaald.* / Sie erbt fünfzehn Hektar Buchenwald.
Bockbierômnd	Bockbierabend	Montags, nach einem Dorffest stattfindende Veranstaltung, bei der Starkbier ausgeschenkt wird. Dazu gibt es Kesselfleisch und Blasmusik.

	wörtlich übersetzt	Beispiele / Umschreibungen / Bedeutungen
Bréf	Brief	Die Älteren werden sich noch an die handgeschriebenen Botschaften, die mit der Post kamen, erinnern.
Breitschnôbl	Breitschnabel	***Breitschnôbl** Weggehaals* – Frei erfundenes Fabelwesen aus der Rhön
Bröahl	Schreie	*Dé hônn **Bröahl** gedoh.* – Die haben geschrien. / Ausdruck von Zorn oder ungebremstem Lachen.
Bubenbader Schdei	Bubenbader Stein	Der Bubenbader Stein ist ein Berg in der Rhön, nahe der Milseburg. Dort gibt es eine Quelle, die aus Mädchen, so man sie darin badet, Jungen macht. So beschreibt es eine Rhöner Sage. Achtung: Zu Nebenwirkungen dieser Geschichte befragen Sie Ihren Arzt oder Apotheker. Die wissen es auch nicht.
Buddingschool	Puddingschule	Den Spitznamen dieser Fuldaer Schule verdankt sie der Tatsache, dass hier, unter anderem, HauswirtschaftsschülerInnen auf ihren Beruf vorbereitet werden. Richtig müsste es Eduard-Stieler-Schule heißen.
Buideonkl	Bodenonkel	Ein männlicher, in die Jahre gekommener Rhöner Single.
Buidetande	Bodentante	Ein weiblicher, in die Jahre gekommener Rhöner Single.
Buin	Bohnen	*Mir hônn hütt **Buin** rôbgemoaicht.* – Bohnenernte.
Buuchnôbl	Bauchnabel	*Béso hônn Adam un Eva eichentlich en **Buuchnôbl?*** – Wieso haben Adam und Eva eigentlich einen Bauchnabel?
Dabbdewitt	Tretdagegen	*Graf **Dabbdewitt**.* / Rhöner Schimpfwort für Obertrottel.
Dachhôs	Dachhase	…frei erfundenes Rhöner Fabelwesen.

	wörtlich übersetzt	Beispiele / Umschreibungen / Bedeutungen
Dämelack	Dummkopf	Der ***Dämelack*** ist ein Mensch mit dem IQ von Knäckebrot, der dazu noch ziemlich unbeholfen agiert. – Dummer Tolpatsch wäre eine angemessene Umschreibung.
Dappschôf	Tretschaf	…Rhöner Schimpfwort für einen unbeholfenen Trottel.
Deenk	Ding	*Dôs ess jô ä **Deenk**, bé em Fiené sinns.* – Das ist ja ein Ding, wie das vom Fienchen.
dehei	daheim	*Bei ôns **dehei**, dô woarsch so schöh gemütlich.* – Zitat aus dem Lied: „Das alte Kanapee" (Volksweise aus Schlesien – Rhöner–Mundart Übersetzung von den „Rhönmähern" aus Hofbieber
Deifl	Teufel	*De **Deifl** hôt dé Oberhand.* – Der Teufel hat die Oberhand. / *In Drei**deifl**snome.* – In Dreiteufelsnamen.
delaht	erlebt	*Källe, bôs hônn mir schu ôlles **delaht**.* – Ach, was haben wir schon alles erlebt.
Dengô	Dinger	Mehrzahl von Deenk. / *Mach kein **Dengô**.* – Mach keine Dinger. (Sachen)
dezoh	dazu	…auch „damit"/ *Ôlls **dezoh** nie.* – Immer hinein damit.
Dilldabb	Dilltreter	…siehe „Dappschôf"
Drääkbook	Dreckbock	…Rhöner Schimpfwort für einen rotzfrechen Jungen.
Drääksbröh	Drecksbrühe	*Dä Nil ess doch vielleicht ä **Drääksbröh**.* – Der Nil ist stark verunreinigt.
Dreideiflsnome	Dreiteufelsnamen	Eigentlich müsste es in Vielteufelsnamen heißen, denn der Höllen-Boss ist unter etlichen Namen gelistet. z.B. Satan, Lucifer, Beelzebub, Mephisto etc. Warum ess Pösdesch Mariechе ihn auf Drei reduziert … weiß de Deifl.
Dritzevertze	Dreizehnvierzehn	siehe Kapitel: „Fünf Wochen vorher"

	wörtlich übersetzt	Beispiele / Umschreibungen / Bedeutungen
Dröbbl	Tropfen	...ob Regentropfen, Medizindosierung oder Tränen, in der Rhön sagt man Dröbbl. / *Rähnts net, so **dröbblt**'s doch.* – Wenn es auch nicht regnet, so tröpfelts doch. / *Ich hônn **Dröbbl** in de Auche.* – Ich habe Tränen in den Augen.
Drôtze	Jauche	Im Unterschied zur Gülle besteht die Jauche nicht aus einem Gemisch aus Kot, Harn und Einstreu, sondern nur aus Harn, Stallmist-Sickersaft und Stallreinigungswasser. Nur echte Gourmets erkennen eine gut abgelagerte Jauche am Geruch. Wohl bekomms!
Drôtzelooch	Jauchegrube	Im **Drôtzelooch** wird der Multivitaminsaft für den Acker gesammelt, um einmal im Jahr die Felder damit zu parfümieren. Köstlich! (für Mistkäfer und Schmeißfliegen).
düchdich	tüchtig	Eines der raren Lobesworte im Rhöner Dialekt. / *Dé Kütz senn **düchdich**.* – Die Jungs sind tüchtig. / *Wällich ä **Düchdiches**.* – Wahrlich ein tüchtiges Mädchen.
Émätzefäähschd	Ameisenferse	...Synonym für dünn bzw. schmal. / *Dé hôt ä Ärsché bé ä **Éhmätzefäähschd**.* – Sie hat ein schmales Hinterteil.
enannô	einander	*Gemmô mit**enannô**?* – Gehen wir miteinander?
entschbinnlabbt	von Spinnweben befreit	*Mir hônn erschtemô dé Kômmô **entschbinnlabbt**.* – Wir haben ersteinmal die Kammer von Spinnweben befreit.
Erscht	Erste	*Dé **Erscht**.* Damit ist natürlich die Erste Fußballmannschaft des örtlichen Sportvereins gemeint. / *Bé hôtt'n dé **Erscht** geschbielt?* – Ist eine der am häufigsten gestellten Fragen in den Rhöner Dorfkneipen.

	wörtlich übersetzt	Beispiele / Umschreibungen / Bedeutungen
ewenk	etwas	*Dôs ess **ewenk** wenk.* – Das ist etwas wenig.
Fäädôwüüsch	Federwisch	…ist ein Weiler in der Nähe von Magdlos oder ein aus Federn gebundenes Reinigungsgerät. Die Rhöner bezeichnen auch den Federkopfschmuck der Brasilianerinnen als **Fäädôwüüsch.**
Fättréme	Fettriemen	…besonders fetthaltige Wurst, siehe auch – *Knackwôrscht.*
Fengônääl	Fingernägel	**Fengônääl** *bé Heiwängô.* – Fingernägel wie Heuwender.
Fläädschô-maandl	Flattermantel	In dieser Geschichte ist der **Fläädschô-maandl** das „Arbeitsdress" von Lydia. Man stelle sich einen durch die Savanne Südafrikas hüpfenden Vogel Strauß vor, dessen üppiges Gefieder im Winde flattert. So ähnlich wirkt der F. an Lydia.
föddô	füttern	*Ich môss noch dé Säu **föddô.*** – Ich muss noch die Schweine füttern.
fônge	gefunden	*Mir hônns **fônge**, ess lôg im Schaank.* – Wir haben es im Schrank gefunden.
Förtz	Flatulenz	*Dôs senn doch **Förtz** mit Krögge.* – Das sind Flatulenzen mit Gehhilfe. / Umschreibung für unsinnige Gedanken.
Fröhô	Früher	**Fröhô** *woar ôlles bässô.* – Früher war alles besser.
fuchze	fünfzehn	*Zah, älf, zwölf, dritze, vertze, **fuchze,** sächze, sieweze, oaichtze, nünze, zwanzich.* – So zählt man in der Rhön
Fuld	Fulda	„Fuld" ist die altfuldaer Bezeichung für Fulda. Die Rhöner sagen: „Fôll". / Föllsch Foll hinein. (Karnevalsschlachtruf)
Gaal Bröh	Gelbe Brühe	…Armeleuteessen. / Alte Brötchen, mit Safran, Zwiebeln und Wasser, zu einer dicken Brühe zubereitet.

197

	wörtlich übersetzt	Beispiele / Umschreibungen / Bedeutungen
gebleckt	geweint	*Ich hônn gebleckt.* – Ich habe geweint. *Bleck net.* – Heul nicht rum.
gebléwe	geblieben	*Hé ess die Ziet schdenne gebléwe.* – Hier ist die Zeit stehen geblieben.
geglei	glauben	*Dôs kônnsde äwwô geglei.* – Das kannst du aber glauben. / *Ich glei nemmeh ôlles.* – Ich glaube nicht mehr alles.
Gedierzô	Getier / Tiere	*Mir hônn ôllôhand Gedierzô hé ôm Hof.* – Wir haben allerhand Tiere hier auf dem Hof.
geheckt	geworfen	…im Sinne von geboren. In der Rhön gebären Tiere nicht, *dé hecke.* / *Dé Katz hôt geheckt.*
gelôss	unterlassen	*Kônnsde dôs emô gelôss?* – Kannst du das mal unterlassen?
gemôht	gemäht	*Dé Wies ess gemôht.* – Die Wiese ist gemäht. / Sinnbildlich für: „Dafür ist es jetzt zu spät".
géngs	ging es	*Dô géngs hää, bé im éwiche Laawe.* – Da ging es her, wie im ewigen Leben.
gerapplt	gerummst	*Éwe hôtt´s gerapplt.* – Eben hat es gerummst. (Im Sinne von – Es hat einen Unfall gegeben) / gerapplt ist auch die Umschreibung von „uriniert".
gerônn	gerannt	*Ich senn gerônn, dess ich putschnass geschwetzt senn.* – Ich bin so schnell gerannt, dass mein Deodorant versagt hat.
geschdorwe	gestorben	Eine ältere Frau hatte für den wahrscheinlichen Tröster ihres im Sterben liegenden Mannes Zwetschgenkuchen gebacken. Der Duft des frischen Backwerkes zog auch ins Zimmer des Sterbenden. *„Ach Frau",* sagte er, *„jetz nochemô so ä schöh Schdöck Quätschekôche".* Darauf antwortete die Frau: *„Nüscht gitts, geschdorwe werd!"* (Wahre Begebenheit aus Hofbieber)

	wörtlich übersetzt	Beispiele / Umschreibungen / Bedeutungen
geschtreit	gestreut	*Ich hônn de Aggô **geschtreit**.* – Ich habe den Acker gestreut. (mit Dünger)
getreimt	geträumt	*Lätzt Noaicht hônn ich vo dir **getreimt**.* – Letzte Nacht habe ich von dir geträumt.
Gewiddôluidô	Gewitterluder	…Schimpfwort für böse Zeitgenossen. *Verdammdes **Gewiddôluidô**.* – Verdammtes Gewitterluder.
gewônnôt	gewundert	*Ich hônn mich nur **gewônnôt**.* – Ich habe mich nur gewundert. / *Ess dôs ä **Wônnô**?* – Ist das ein Wunder?
goarnüscht	gar nichts	*Ich hônn **goarnüscht** gemoicht.* – Ich habe gar nichts gemacht.
Gôrsch	Schnauze	*Hall di **Gôrsch**!* – Halt die Schnauze!
Grôsrötschô	Grasrutscher	…ein frei erfundenes Fabelwesen aus der Rhön. / Als Grasrutscher bezeichen manche ihren Hund, wenn er sich auf dem Hinterteil rutschend den Popo reinigt. Manche Hunde nutzen dafür auch den Flokati im Wohnzimmer. / Es gibt aber auch ein Modellflugzeug gleichen Namens.
Grôwegöggô	Grabenrülpser	Schimpfwort für Hofbieberer. / *Dôs ess doch so en Hofbiewischô **Grôwegöggô**.* / In diesem Buch ist es eines von Opa Habersacks Fabelwesen.
Grüschbüddl	Schreihals	*Kônn dää **Grüschbüddl** net emô sie Fratz gehall?* – Kann der Schreihals nicht mal sein Maul halten?
Güggl	Gockel	*Kräht de **Güggl** uff de Mist, ess dé Noaicht schu wir röm.* – Kräht der Hahn auf dem Bioabfall, beginnt wieder ein neuer Tag.
Güll	Pferde	*Dé hônn **Güll** in Hüll un Füll.* – Die haben Pferde in Hülle und Fülle.
gummô	schau mal	***Gummô**, bé se gugge.* – Schau mal, wie sie schauen.

	wörtlich übersetzt	Beispiele / Umschreibungen / Bedeutungen
Häänkholz	Hängholz	... gebogene hölzerne Vorrichtung, die bei Hausschlachtungen zum Aufhängen des Schweins gebraucht wurde. / Rhöner Schimpfwort für Luschen. / *Dôs ess doch vielleicht ä **Häänkholz**, kei bessé Mum in de Knôche.* Der Kerl ist eine Lusche. Kein Mum in den Knochen
halwô	halb	*Ess ess **halwô** oicht.* – Es ist halb acht.
Héhôckedéboimmôhéhôcke	Hierhockendiedieimmerhierhocken	Stammtisch der Buideonklz in Oberniederberg.
Heilichenei	keine Übersetzung bekannt	... lässt sich am besten mit „Ach Herrje!" übersetzen. Dies wiederum ist eine Abkürzung von Herr Jesus und stellt einen Ausruf des Staunens oder Entsetzens dar.
Heirôderei	Heiraterei	*Ich hônn dé **Heirôderei** uffgegeah.* – Ich habe den Gedanken an eine Hochzeit aufgegeben.
Heiwängô	Heuwender	... Hilfsgerät bei der Heuernte. / *Dé hôtt Fengônearl bé **Heiwängô**.* – Die hat extrem lange Fingernägel.
heizohs / hiezohs	hinwärts / heimwärts	*Ess gitt Lüüt, dé schwatze **hiezohs** so un **heizohs** so.* – Es gibt Menschen, die ständig ihre Aussagen ändern.
hengenôch	hinterher	***Hengenôch** senn mir ôll schläuô.* – Hinterher sind wir alle klüger.
Hern	Hirn	*Däm hônn se doch ins **Hern** geschesse.* – Dem haben sie doch ins Hirn geschissen.
Herschtkatze	Herbstkatzen	Katzen, die im Herbst zur Welt kommen.
hoadde	harte	*Dôs ess en **hoadde** Knoche.* – Das ist ein harter Knochen. (Im Sinne von – den haut nichts so schnell um)
Hôggl	Huckepack	*Trôck mich **Hôggl**.* – Du kannst mich mal.
höngescht	hungernd	***Höngescht** verreckt.* – Verhungert.

	wörtlich übersetzt	Beispiele / Umschreibungen / Bedeutungen
hônn	habe	*Ich hônn dich geser, ich hônn dich gewollt, ich hônn dich geheirôt un jetz hônn ich dich ôm Back häänke.* – Ich habe dich gesehen, ich habe dich gewollt, ich habe dich geheiratet und jetzt habe ich dich an der Backe.
hônnôt	hundert	*Zah mô zah ess hônnôt.* – Zehn mal zehn ist hundert.
Höpp	Hüpfer	*Komm ändlich emô in dé Höpp.* – Jetzt mach mal hinne.
hörschde	hörst du	*Hörschde, bé dé Förschde börschde?* – Hörst du, wie die Fürsten Liebe machen?
Hôse	Hasen	*Dé Hôse sôße beim grôße ôm Rôse.* – Die Hasen saßen beim Grasen auf dem Rasen.
Hufoarsch	Hufarsch	... Rückwärtsbefehl für Gespanne. / *Foahr emô dé Hufoarsch.* – Fahre mal rückwärts.
Huidl	Kopftuch	*Im Orient troarn dé Fraue Huidl.* – Im Orient tragen die Frauen Kopftuch.
Huit	Haut	*Nass bes uff dé Huit.* – Nass bis auf die Haut.
Hünnôschdall	Hühnerstall	*Ä Gegackô bé im Hünnôschdall.* – Ein Gackern wie im Hühnerstall.
Hurset	Hochzeit	*Hütt ess Hurset in Hure.* – Heute ist Hochzeit in Horas.
iegefalle	eingefallen	*Mir ess nüscht bässôres iegefalle.* – Mir ist nichts besseres eingefallen.
iegepackt	eingepackt	*Hôst du ess Fröhschdöck iegepackt?* – Hast du das Frühstück eingepackt?
iegeréwe	eingerieben	*Ich hônn dé Föss mit Gehschbääk iegeréwe.* – Ich habe die Füße mit Gehspeck eingerieben. / In früheren Jahren wurde oft eine Speckschwarte zum Pflegen schrundiger Füße eingesetzt.

	wörtlich übersetzt	Beispiele / Umschreibungen / Bedeutungen
iegesübôt	ansetzen von Sauerteig	...oder auch Rhöner Umschreibung von Schwangerschaft. / *Dé hônn iegesübôt.* – Die bekommen ein Kind.
Ieschprötzbômp	Einspritz-pumpe	*Bei mim Ôbbl ess dé Ieschprötzbômb kabutt.* – Bei meinem Opel ist die Einspritzpumpe defekt.
Iesebereifde	Eisenbereifter	... Rhöner Umschreibung für einen selt-samen, „einfach strukturierten" Mann. / *Dôs ess ewenk en Iesebereifde.* – Der ist ein wenig seltsam.
irchendännô	irgendeiner	*Irchendännô môss doch dé Ärwet mach.* – Irgendjemand muss doch die Arbeit erledigen.
Jessesmariand-josef	Jesus, Maria und Josef	...Ausruf des Schreckens oder Entsetzens.
joarn	jagen	*Ich joârn dich, dess de Schur un Schtreump verlierscht.* – Ich jage dich, bis du Schuhe und Strümpfe verlierst.
jöchdich	Ableitung von Jesus	...in etwa: „Ach was!" oder: „Ja schau mal an!" / *Jöchdich nää, bôs net ôlles gitt.* – Was es nicht alles gibt.
Jöses	Jesus	*Jöses nää!* – Um Himmels willen.
Källe	Kerl	*Källe, Källe, Källe, bôs schleart dé Mistbröh Wälle.* – Oh Mann, was schlägt die Jauche Wellen. / Erweiterte Version von „eieiei".
kännô	keiner	*Kännô wells gewäse sei.* – Keiner will es gewesen sein.
Kengsscheeß	Kinderwagen	*Ich glei dir hôts ewenk in dé Kengsscheeß gefrorn.* – Ich glaube du tickst nicht richtig.
Kerschebeim	Kirschenbäume	*Im Fröhjoahr bann dé Kerschebeim blöhe, heirôde mir.* – Im Frühling, wenn die Kirschbäume blühen, werden wir heiraten.

	wörtlich übersetzt	Beispiele / Umschreibungen / Bedeutungen
Klobabier-schnörblskapp	Toiletten-papiermütze	…ein in den siebziger Jahren des vergangenen Jahrhunderts beliebtes, selbstgehäkeltes Toilettenpapierfutteral mit Bommel, das neben dem Wackeldackel auf der Hutablage der Autos zu finden war.
Knackwôrscht	Knackwurst	Siedewurst mit harter Schale, bei der es knackt und das Fett spritzt, wenn man hineinbeißt.
knörtzich	verschroben / stur / knorrig	*Knörtz net, du **knörtzichô** Knurtz.* – Beschwer dich nicht, du sturer Bock.
Korve	Kurve	*Ich senn öm dé **Korve** gefoarn.* – Ich bin um die Kurve gefahren.
Kräbbl	Krapfen / Berliner	*Un gatt ihr ôns kei **Kräbbl**, dô mache mir euch ä Gedäbbl.* – Und gebt ihr uns keine Kräppel, dann machen wir bei euch Krawall. (Zeile aus dem Hutzellied)
Krack	Krähe	…Vogelart / Rhöner Schimpfwort für einen zornigen Menschen.
Krömblskôche	Streuselkuchen	*Mi Môddô backt de bäst **Krömblskôche** vo de ganze Wält.* – Meine Mutter backt den besten Streuselkuchen der Welt.
Kupfôschdift	Kupferstift	*Bei däm guckt de **Kupfôschdift** henge ruis.* – Der hat die Hosen voll.
lääst	liest	*Ess einzich, bôs dää **lääst**, ess dé Rächnung vom Wert.* – Das einzige, was er liest, ist die Rechnung vom Wirt.
Laawe	Leben	*Im **Laawe** net.* – Im Leben nicht.
Läbbé	Läppchen	*Banns schlömmô werd, benge mô ä **Läbbe** dröm.* – Wenn schlimmer wird, binden wir ein Läppchen drum. (Beruhigungsversuch bei albernen, überzogenen Reaktionen) Mehrzahl: ***Läbbôré***

	wörtlich übersetzt	Beispiele / Umschreibungen / Bedeutungen
Lahkôche	Lebkuchen	*Jetz hônn se schu in de Heiänn dé* **Lahkôche** *im Lôde schdenne.* – Jetzt stehen schon während der Heuernte die Lebkuchen im Laden.
lawändich	lebendig	*Bei* **lawändichem** *Leib…* – Bei lebendigem Leib…
leggô	lecker	*Hmm,* **leggô!** – Es duftet nicht nur ausgezeichnet, nein es mundet auch sehr.
leift	läuft	*Dô* **leift** *ess Gääld dé Buideträbbe nuff.* – Da ist übermäßiger Reichtum.
Luidô	Luder	*So ä* **Säuluidô**. – So ein Ferkel.
luit	laut	*Eu Lüüt, seit net so* **luit!** – Leute, seid nicht so laut!
mälle	melden	*Mir* **mälle** *ôns dann bei Ihne.* – Wir melden uns dann bei Ihnen.
Mänggängges	Unsinn	*Eu Kütz macht kei* **Mänggängges.** – Jungs, macht keinen Quatsch.
Manschesdô	Manchester	… gemeint ist die gute alte Cordhose. *Dé* **Manschesdô**-*Hos.* Der Name hängt mit der Herkunft des Cords zusammen. Dieser wurde in Manchester (England) erstmals produziert.
matzich	pampig	*De Deig ess ewenk* **matzich.** – Der Teig ist ein wenig pampig.
Mellich	Milch	**Mellich** *well ich, dann senn ich selich.* – Ich möchte Milch zum Glücklichsein.
Morré	Morgen	*Ôm hälle* **Morré.** – Am hellen Morgen.
Neahr	Nähe	*In den* **neahrnsde** *Häcke, woasse dé bäsde Schdäcke.* – Warum denn in die Ferne schweifen, wennn das Gute liegt so nah.
Nearlé	Nägelchen	*Dä hôt ä heiß* **Nearlé.** – Der ist sehr potent.
neuschierich	neugierig	*Sei net so* **neuschierich.** – Sei nicht so neugierig.

	wörtlich übersetzt	Beispiele / Umschreibungen / Bedeutungen
niegemoaicht	rein gemacht	*Dé senn niegemoaicht. –* Die sind reingegangen.
niegezwacklt	Alkohol getrunken	*Mir hônn ôns schöh ännô niegezwacklt. –* Wir haben viel Alkohol getrunken.
Nieschwatz-köasdé	Telefon / Walkie–Talkie	... Neurhöner Platt
Nonnedützé	Nonnen-brüstchen	...Beschreibung für besonders weiche und zarte Haut. / *Dé hôt ä Huit, zoart bé ä Nonnedützé. –* Sie hat eine zarte Haut.
oarch	arg / sehr	*Dôs ess en oarch goode Wie. –* Das ist ein sehr guter Wein.
Oarm Männé	Armes Männchen	Kartenspiel
Ôbbl	Opel	...Automarke
ôbgeschnéde	abgeschnitten	*Banns ess Däschemässô zum Höggl gitt, werschde ôbgeschnéde. –* Wenn es das Taschenmesser zum Bündel gibt, wirst du abgeschnitten. (Im Sinne eines weiteren Schrittes zum Erwachsenwerden.)
Ohschdrichô	Anstreicher	*Dé Nadur ess de bäst Ohschdrichô. –* Die Natur ist der beste Anstreicher.
ohzedônn	anzuziehen	*Ich hônn nüscht Gescheides ohzedônn. –* Ich habe nichts Gescheites zum Anziehen.
ôllôerscht	allererste	*Dôs ess de Ôllôerscht. –* Das ist der Allererste.
Ôllôheiliche	Allerheiligen	Christliches Fest zu Ehren aller Heiligen. 1. November
Ôllôseele	Allerseelen	Christliches Fest zu Ehren aller Verstorbenen. 2. November
ôllôwichdichsde	allerwichtigs-ten	*Ôm ôllôwichdichsde ess, dess mô gesônd blitt. –* Am allerwichtigsten ist Gesundheit. / *Dôs ess de Ôllôwichdichst. –* Das ist der Allerwichtigste.

	wörtlich übersetzt	Beispiele / Umschreibungen / Bedeutungen
ôlsemô	manchmal	*So **ôlsemô** könnt mô devoh gelauf.* – Manchmal könnte man davonlaufen.
Öngôhos	Unterhose	*Im Wéndô bruch mô dé langärmelich **Öngôhos.*** – Im Winter braucht man lange Unterhosen.
öngôschdalls- öweschd	Halsüberkopf	*Ich senn **öngôschdallsöweschd** dé Träbbe nôb gefalle.* – Ich bin halsüberkopf die Treppen runtergefallen.
öweschde	oberster	*Dé Fröcht leit ôm **öweschde** Buide.* – Die Ernte liegt auf dem obersten Dachboden.
Pédeschbärch	Petersberg	... eine Großgemeinde im Kreis Fulda. / *Got Noaicht **Pédeschbärch.*** – Gute Nacht Petersberg. (Rhöner Spruch für ausweglose Situationen.)
Pötschedäbbô	Pfützentreter	... Rhöner Schimpfwort für Trottel. / Eines von Opa Habersacks Fabelwesen.
Püffé	Pfeifchen	*Ich hönn schöh gemütlich ä **Püffé** geraucht.* – Ich habe schön gemütlich ein Pfeifchen geraucht.
Püffedäckl	Pfeifendeckel	...Rhöner Umschreibung für: „Das war wohl nix."
Räävt	Brotkruste	...oder auch – Schimpfwort für eine alte, faltige, unbeliebte Frau. / *So ä ôll **Räävt.***
Rände	Rente	*Ich frei mich uff dé **Rände.*** – Ich freue mich auf die Rente.
Rengviech	Rindvieh	...Rhöner Schimpfwort für Dummkopf.
Rôdbänn	Schubkarre	*Dé foarn ess Gääld mit de **Rôdbänn** hei.* – Die haben mehr Geld, als sie brauchen.
roind	rund	*Dé **Roinde** senn öll net äckich.* – Die Runden sind alle nicht eckig.
römdabbe	herumlaufen	*Guck doch emô, bé dé **römdabbe.*** – Schau doch mal, wie die herumlaufen.

206

	wörtlich übersetzt	Beispiele / Umschreibungen / Bedeutungen
römgeerrt	herumgeirrt	*Ich senn in däre fréme Schdôdt bé en Bekloppde römgeerrt.* – Ich habe mich in der fremden Stadt total verlaufen.
Sackkoarrn	Sackkarre	*Du gesst mir gewaldich uff de Sackkoarrn.* – Du gehst mir gewaltig auf die Nerven.
Saldôde	Soldaten	*Dé schdenn dô bé Bleisaldôde.* – Die stehen da wie Bleisoldaten.
sälwô	selbst	*Sälwô gemoaicht Nuidlsôpp.* – Selbst gemachte Nudelsuppe.
Säufôddôkässl	Schweinefutter-Dämpfer	Großer Kessel, in dem früher das Schweinefutter gekocht wurde.
Säuseich	Schweinepipi	...Rhöner Umschreibung für Unordnung.
schbeggelier	spekulieren	*Ich hônn ewenk schbeggeliert.* – Ich habe ein wenig spekuliert. / *Schbeggelieriese* – Brille
Schdäggehöbbes	Stockhüpfen	... Neurhöner Platt für Nordic–Walking
schdell	still	*Manchmô môss mô schdellhall.* – Manchmal muss man stillhalten.
Schdoarnsdütz	Starenbrüstchen	...Rhöner Schimpfwort für Tölpel.
Schengôst	Schinder	*Du ôll Schengôst.* – Du alter Schinder.
schess	schießen	*Net schess!* – Nicht schießen!
Schissamonni	Scheiße	*Dôs woar jô wohl Schissamonni.* – Dumm gelaufen.
Schlabbe	Hausschuhe	... oder auch Sögge. / *Dô emô die Schlabbe oh.* Zieh mal die Hausschuhe an. / *Schlabbekickô* – Lascher Typ – Weichei.
Schlafittche	Schlafittchen	...alte Bezeichnung für Hemd- oder Jackenkragen. – *Éwe hônn se ôns ôm Schlafittche.* – Jetzt haben sie uns am Kragen.
Schliffschdei	Schleifstein	*Ich setz dô druff bé de Aff uff´m Schliffschdei.* – Auf heißen Kohlen sitzen.

	wörtlich übersetzt	Beispiele / Umschreibungen / Bedeutungen
Schlôfbetz	Schlafmütze	...Rhöner Umschreibung für Transusen.
schlömm	schlimm	*Ich hônn ä* **schlömm** *Bei.* – Mein Bein ist entzündet.
Schnibbe-dillerich	Penis	...einer der vielen verniedlichenden Namen für das männliche Geschlechtsteil. / *Dää hôt en schissiche* **Schnibbedillerich.** – Der hat einen kleinen Penis.
Schnôppdooch	Taschentuch	...oder auch **Däschedooch.** So etwas hatte früher jeder in der Tasche. Es war oft ein kariertes Tuch, das bei Schnupfen bis zum letzten Quadratzentimeter benutzt wurde. Also weit entfernt vom Wegwerftaschen-tuch. Von Hygiene ganz zu schweigen. Zur Kommunion gabs sogar Taschen-tücher mit handgesticktem Monogramm.
Schnupp	Süßigkeiten	*Owe ôm Schaank schdett dé* **Schnuppkist** – Oben auf dem Schrank steht die Kiste mit den Süßigkeiten.
Schnurrbézl	Brummkreisel	*Dää brômmt bé en* **Schnurrbézl.** – Der schnurrt wie ein Kätzchen.
Schôbbegehôbbe	Schoppen-gehüpfe	Event der Männertanzgarden in Eichenzell.
Schôddm	Schatten	*Ich setz im* **Schôddm.** – Ich sitze im Schatten.
schörch	schieb	*Jông* **schörch,** *sonst getts ess Geisgröawe nôb.* – Junge schieb, sonst geht es bergab.
Schörchhôgge	Schiebehaken	...Gerät zum Entfernen der Asche aus dem Ofen / Rhöner Schimpfwort für widerspenstige Zeitgenossen.
schu	schon	*Ess ess* **schu** *schö in de Rhö.* – Es ist schon schön in der Rhön.
schwatz	sprich	**Schwatz,** *odô schiss Buchschdôwe.* – Sprich oder scheiß Buchstaben.
seart	sagt	*Hä* **seart** *nüscht meh.* – Er sagt nichts mehr.
sechô	sicher	**Sechô** *ess sechô.* – Sicher ist sicher.

	wörtlich übersetzt	Beispiele / Umschreibungen / Bedeutungen
semmô	sind wir	*Dô **semmô** debei.* – Da sind wir dabei.
sersde	siehste	***Sersde** net dé Säu im Goadde?* – Siehst du nicht die Schweine im Garten? (Zeile aus einem Kirmeslied)
sert	sieht	*Dää **sert** nemmeh got.* – Der sieht nicht mehr gut.
Sitt	Seite	*Erscht vo de **Sitt**, dann henge witt.* – Erst von der Seite und dann von hinten dagegen.
Söalé	Säälchen	*De Wert hôt ä schöh klei **Söalé**.* – Der Wirt hat einen schönen kleinen Saal.
soar	sagen	*Bôs soll ich **soar**?* – Was soll ich sagen?
Sôtz	Kaffeesatz	*Dä schdinkt bé uffgekôchde **Sôtz**.* – Er hat starken Körpergeruch.
subbô	super	… Neurhöner Platt
uffgehônke	aufgehängt	*Heigedônze, **uffgehônke**, ôbgeresse, fortgeschmesse. Ich wöllt känn Kalännô sei.* – Nachhause geholt, aufgehängt, abgerissen, weggeworfen. Ich möchte kein Kalender sein.
uffgeschréwe	aufgeschrieben	*Ich hônn mir ôlles **uffgeschréwe**.* – Ich habe mir alles aufgeschrieben.
uggfesôtzt	aufgesetzt	*De Bulldog hôt im Grôwe **uffgesotzt**.* – Der Traktor hat im Graben aufgesetzt.
Uhheufel	Uhu	*In de Schörn hônn mir ä **Uhheuflslooch**.* – In der Scheune haben wir ein Loch für den Uhu.
uisgemoaicht	ausgemacht	*Ich hônns Lämbé **uisgemoaicht**.* – Ich habe das Lämpchen ausgemacht.
uisgeschdôbbt	ausgestopft	*Dää Fuchs ess **uisgeschdôbbt**.* – Der Fuchs ist ausgestopft.
uisgeweggit	ausgewickelt	*Ich hônn ess Geschäänk **uisgeweggit**.* – Ich habe das Geschenk ausgewickelt.

	wörtlich übersetzt	Beispiele / Umschreibungen / Bedeutungen
uißôdämm	außerdem	*...un **uißôdämm** hônn ich Dôrscht.* – ...und außerdem habe ich Durst.
uisräuchô	ausräuchern	*Dä Schdall söllt mô **uisräuchô**.* – Den Stall sollte man ausräuchern.
Undöadé	Tadellosigkeit	*Dô ess kei **Undöadé** droh.* – Das Teil ist tadellos in Ordnung.
üwôgeschnappt	übergeschnappt	*So ôlsemô däänk ich dé Wält wär **üwôgeschnappt**.* – Manchmal denke ich, die Welt ist übergeschnappt.
Üwôlandwääk	Überlandwerk	Alter Name eines Rhöner Stromversorgers.
verbôtzt	verputzt	*Mir hônn ess Huis neu **verbôtzt**.* – Wir haben das Haus neu verputzt.
verkoahrt	verkehrt	*Ess leift ôlles **verkoahrt** rôm.* – Es läuft alles verkehrt herum.
verrôde	verraten	*Ich hônn nüscht **verrôde**.* – Ich habe nichts verraten.
verschlappt	verlegt	*De Schlappbüddl hôt dé Schlabbe **verschlappt**.* – Der Schlappsack hat seine Hausschuhe verlegt.
vertroar	vertragen	*Mômmô ôns wir **vertroar**?* – Wollen wir uns wieder vertragen?
verzehl	erzähl	*Sätz dich hie un **verzehl** ewenk von de ôlle Ziede.* – Nimm Platz und erzähle ein wenig von den alten Zeiten.
viermodoriche	viermotorige	...Beschreibung üppig gebauter, sehr maskulin wirkender Frauen.
wällich	wirklich	*Dôs ess **wällich** schöh.* – Das ist wirklich schön.

	wörtlich übersetzt	Beispiele / Umschreibungen / Bedeutungen
Weggehaals	Wickenhals	…Wendehals. Der schlechte Ruf der Wicke hat seinen Ursprung in der Tatsache, dass sie sich um andere Pflanzen herumschlängelt, um überleben zu können. In der Geschichte dieses Buches wird sie im Zusammenhang mit dem Breitschnabel zum Breitschnôbl-Weggehaals, einem frei erfundenen Fantasiewesen, ähnlich dem Wolpertinger.
Zehweh	Zahnschmerzen	*Oh, mir dônn dé **Zeh** so weh, bann ich in dé Kerch môss geh.* – Oh, ich habe Zahnschmerzen, wenn ich in die Kirche muss.
zesômme	zusammen	*Semmô **zesômme** gekomme un hônn ôns bé Dômme benômme.* – Sind wir zusammen gekommen und haben uns wie Dumme benommen.
Zoarde	Zarte	…Rhöner Umschreibung für besonders empfindliche, verletzliche Personen. / *Dôs ess en ganz **Zoarde**.* – Das ist ein Sensibelchen.
zogeschörcht	zugeschoben	*Dé hônn mir dé Iefoahrt **zogeschörcht**.* – Die haben mir die Einfahrt zugeschoben.
Zôhle	Zahlen	„Zahlen sind abstrakte mathematische Objekte des Denkens", so formuliert es Wikipedia. Die Rhöner sagen: „*Zôhle senn **Zôhle**. Ferdich!*" – „Zahlen sind Zahlen. Fertig!"
Zures	Streit	*Mach net so en **Zures**.* – Veranstalte nicht einen solchen Aufstand.
Zwernsfôde	Zwirnsfaden	…oder auch nur Zwirn. / Rhöner Beschreibung für „hauchdünn". / *Dörr, bé en iegetröggelde **Zwernsfôde**.* – Dünn wie Zwirn. / *Dä schisst bé **Dabbezwern**.* – Durchfall.

Hinweise / Ortsangaben	
drönghie	darunter hin
drüwäg	darüber hinweg
duisse	draußen
näwehää	nebenher
neng	nach hinten
nôb	runter
nü	hinüber
nuff	hinauf
rôb	runter
schdracksuis	geradeaus
vürone	voran
zwösche	dazwischen

Nôchwurt

Wällich, ich hätt jô nie gedoaicht, dess ich dôs Booch jemôls emô ferdich kréch. Bann ich zeröck guck, dann fällt mir uff, dess goarnet so vill Öngôschied zwösche däre Schriewôrei un de Landwertschaft beschdett.

Dô ess zeerscht en riesiche, leere Aggô un du däänkst drü nôch, mach ich Kadôffl, Hôfô, Mais odô Raps nuis.

Irchendwann hôsde dich entschiede un stöbbst de erscht Sätzkadôffel in dé Forch. Dann de Nächst un de Nächst, bess dé Reihe vohl senn.

Beim Schriewe ess dôs genau so.

Bann dé Zédl sich langsam fülle und dé Idee woasse, woasse nadörlich au dé Quäcke. Dôs senn Schriefehlô odô dé Sätz, dé beim zweide, dredde odô verde mô Lääse bé Unkruit ruisgeresse wänn. Dann werd geheiflt, gehécht un gepflécht, dess dé Wördô au „rode Backe“ kréche. Ôm Schluss ess ess Fääld tatsächlich zogewoasse un du kônnst geänn.

Ich hôff dess euch mi „Gehernskadôffl“ geschmôckt hônn un ihr ä glei wenk Schbass oh minne Fröcht hôtt.

Bedaank well ich mich bei minne Erntehelfô: Rainer Klitsch, em Parzeller-Verlag un ôll dé, dé mit ohgepackt hônn.

Also, bes Éhnichnäächde.

Euôn Franz Habersack

Nachwort

Im Ernst, ich hätte ja niemals gedacht, dass ich dieses Buch jemals fertigbekomme. Zurückblickend fällt mir auf, dass es gar keinen so großen Unterschied zwischen der Schreiberei und der Landwirtschaft gibt. Da ist zunächst ein großer leerer Acker und du überlegst: „Pflanzt du Kartoffeln, Hafer, Mais oder Raps?"

Irgendwann hast du dich entschieden und legst den ersten Setzkartoffel in die Furche. Dann den nächsten und den nächsten, bis die Reihen voll sind.

Beim Schreiben ist das genauso.

Wenn die Zettel sich langsam mit Worten füllen und die Ideen wachsen, dann wachsen natürlich auch die Quecken. Das sind die Schreibfehler oder die Sätze, die beim zweiten, dritten oder vierten Durchlesen wie Unkraut herausgerissen werden.

Dann wird gehäufelt, gehegt und gepflegt, damit die Wörter auch „rote Backen" bekommen. Am Schluss ist das Feld tatsächlich zugewachsen und du kannst mit der Ernte beginnen.

Ich hoffe, dass euch meine „Gehirnkartoffeln" gefallen haben und ihr ein wenig Spaß an meinen Früchten habt.

Bedanken möchte ich mich bei meinen Erntehelfern: Rainer Klitsch, Parzellers Buchverlag und bei allen, die mit angepackt haben.

Also, bis vorgestern.

Euer Franz Habersack

Die Mundart der hessischen Rhön –

Ein Sprachkurs für Anfänger, Fortgeschrittene und Muttersprachler

Franz Habersack (alias Michael Bleuel), seines Zeichens
Bauer und Buideonkel, gibt in diesem Buch einen humorvollen
Einblick in die Sprachwelt der hessischen Rhöner.

Weit weg vom Duden geprägten Hochdeutsch versucht er,
speziell junge Leser, für das Kulturgut „Rhöner Platt"
humorvoll zu begeistern.

DIN A5, 148 Seiten, mit zahlreichen Abbildungen,
inkl. Audio-CD, Ladenpreis: 12,- €

ISBN 978-3-7900-0534-9